書下ろし

鼠子待《ねこま》の恋

風烈廻り与力・青柳剣一郎㊹

小杉健治

祥伝社文庫

目次

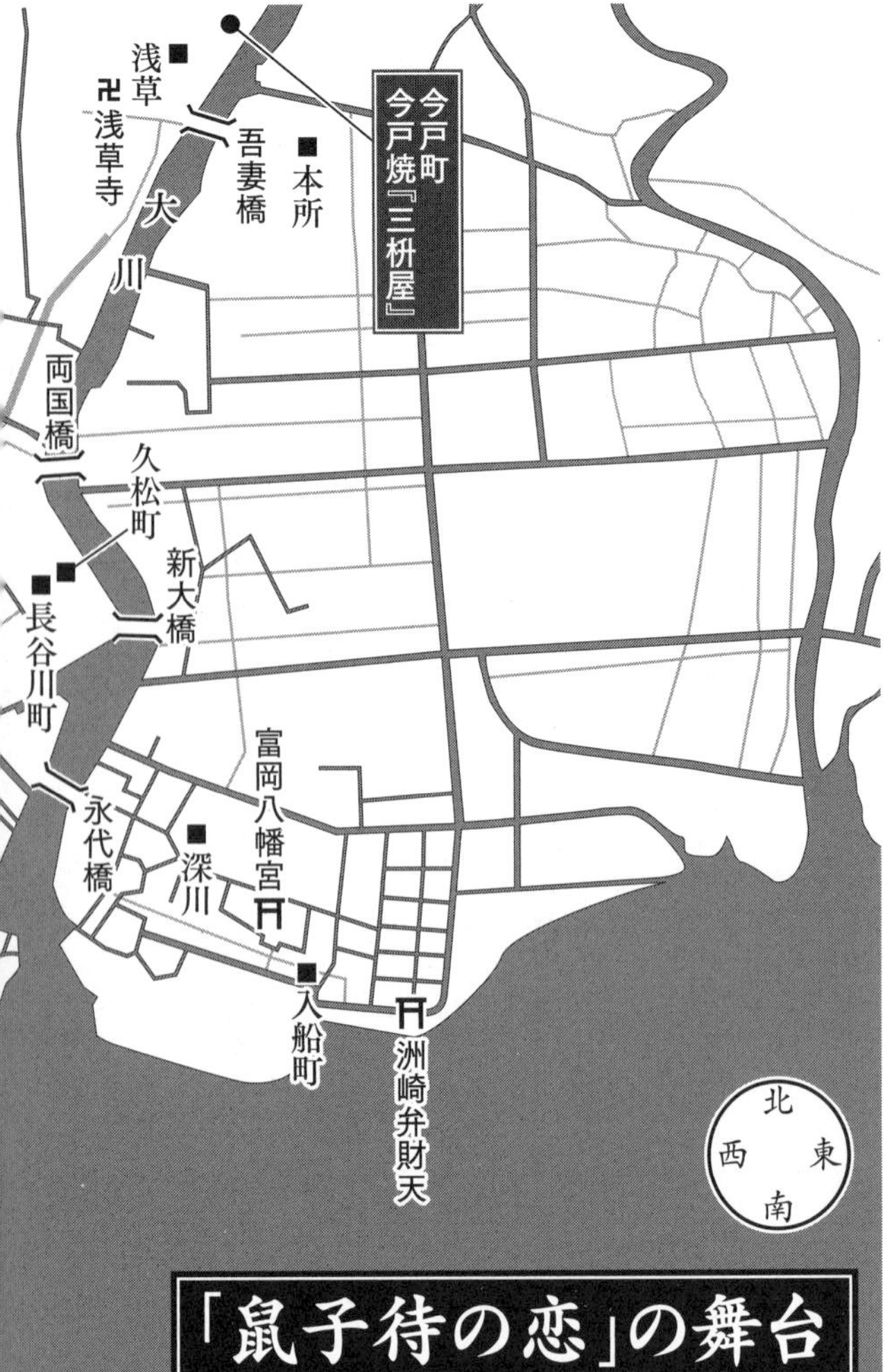
今戸町
今戸焼『三枡屋』
浅草
浅草寺
大川
吾妻橋
本所
両国橋
久松町
新大橋
長谷川町
永代橋
深川
富岡八幡宮
入船町
洲崎弁財天
北
西
東
南

「鼠子待の恋」の舞台

不忍池
三味線堀
小石川
本郷
池之端仲町
佐久間町
神田川
神田岩本町
本石町
古着屋『伊丹屋』
江戸城
北町奉行所
八丁堀
南町奉行所
築地本願寺
増上寺
本芝二丁目

第一章　十年前の無念

一

　夜になっても南東の風は弱まらなかった。雲は流され、月影がさやかで、紙屑《かみくず》が宙を飛び、往来に桶《おけ》が転がっていくのが目に入った。

　風烈廻《ふうれつまわ》り与力《よりき》の青柳剣一郎《あおやぎけんいちろう》は、同心の礒島源太郎《いそじまげんたろう》と大信田新吾《おおしだしんご》とともに市中を巡回していた。失火や火付けをする不届き者などの警戒のためだ。

　町内の若い衆も火の見廻りに出ていた。夏は南から南東の風が吹くので、風上にあたる大川《おおかわ》に近い町は特に厳重に見ていく。

　剣一郎の一行は日本橋久松町《にほんばしひさまつちょう》の裏通りに足を踏み入れた。五つ（午後八時）になるが、どの家も暗い。雨戸ががたびし音を立てている。普段であれば、縁台に腰を下ろして涼んでいる姿があちこちで見られるが、人気《ひとけ》はない。

　再び通りに出たとき、自身番の屋根に建っている火の見櫓《やぐら》の上から番人の男が何か叫んでいる。風の音にかき消されて声は聞きとりづらいが、絶叫のようにも感じられる。

「何を叫んでいるんでしょう」

源太郎が緊張した声で言い、自身番に向かって急いだ。

剣一郎も自身番に近付く。火の手を見たのなら半鐘《はんしょう》を鳴らすはずだ。怪しい動きをする者を見たのかもしれない。

火の見櫓の下に着き、

「おい、何かあったのか」

と、源太郎が上を向いて叫んだ。

「ひと殺しです」

番人の声がようやく聞き取れた。

「なに、ひと殺し？」

源太郎が大声できき返す。

「浜町《はまちょう》堀《ぼり》の高砂《たかさご》橋の向こうです。尻《しり》っ端折《ぱしょ》りして手拭いで頬《ほお》かぶりした侍が遊び人ふうの男を斬り捨てました」

「よし、行ってみる」

剣一郎は言い、源太郎たちとともに駆けだした。

浜町堀に出て、大川のほうに向かった。月明かりで、堀のずっと先まで見通せる。不審なひと影はなかった。

高砂橋にやってきた。辺りはしんとしている。橋の真ん中で立ちどまり、堀の左右の岸を見る。右手の草むらに何か倒れているようだ。

剣一郎は橋を渡って駆け寄った。

男が仰向けに倒れていた。

剣一郎はホトケに手を合わせてから亡骸《なきがら》を見た。三十半ばぐらいの細い顔の男だ。眉《まゆ》が薄く、鼻は大きい。袈裟《けさ》懸《が》けに斬られていた。

足音が近づいてきた。顔を向けると、巻羽織に着流しの同心である臨時廻《りんじまわ》り同心の柏木辰之助《かしわぎたつのすけ》だった。

この強風に乗じて押込みや盗みを働く者がいないとも限らず、定町廻《じょうまちまわ》りだけでなく、臨時廻り同心も見廻りに出ていた。

「青柳さまが駆けて行くのを見てやってきました。付け火ですか」

辰之助が息を弾《はず》ませて言う。

「いや、殺しだ」

「えっ」

「袈裟懸けだ」

剣一郎は場所を空けた。

辰之助はホトケを見て手を合わせた。

「死んで間がありませんね」

「そうだ。火の見櫓から番人が見ていた」

「火の見櫓から」

辰之助は驚いたように対岸の久松町に目を向けた。火の見櫓が望めた。

そこに定町廻り同心の植村京之進《うえむらきようのしん》と岡っ引きが駆けつけた。

「青柳さま。あっ、柏木さまも」

京之進が口を開いた。

「ごくろう。近くにいたのか」

「はい。私も火の見櫓の番人が叫んでいるのを見て駆けつけました」

「そうか。見てみろ」

剣一郎は促した。

「はい」

京之進は前に出て亡骸を検《あらた》めた。

「遊び人ふうですね。左の肩から袈裟懸けに……」

京之進は立ち上がってから、

「下手人《げしゅにん》はそんな遠くに逃げていないでしょう。すぐ手配させます」

京之進は岡っ引きと手下を走らせた。

「では、あとを頼む」

そう言い、剣一郎はそのまま見廻りを続け、風が収まってきた四つ（午後十時）過ぎに、屋敷に戻った。


翌日の夕方、奉行所から八丁堀《はっちょうぼり》の屋敷に帰り、夕餉《ゆうげ》を終えたあとに京之進がやってきた。

「夜分に申し訳ありません。昨夜の殺しについてお知らせをと思いまして」

部屋で差し向かいになるなり、京之進が口を開いた。

「聞こう」

「あのあと、周辺を聞き込みしたところ、頬かぶりをした侍が高砂町のほうに逃げていくのを辻番所の番人が見ていましたが、そこから先は誰も見ていませんでした。風がなければ、夕涼みの者もいたのでしょうが」

「下手人は、運良く見廻りの一行には出くわさなかったということか」

「はい。見廻りも不審な侍を見ていません。火の見櫓の番人は細身の男だと言っていましたが、いかんせん遠かったので自信はなさそうでした。いずれにしろ、下手人は見廻りの者の目をうまく避けながら、新大橋《しんおおはし》に出て逃げて行ったと考えられます」

「番人はなんという男だ？」

「はい、益三《ますぞう》という町内の住人です。二十五歳で、正義感の強い男だそうです」

「では、信用出来るな」

「はい。念のために調べましたが、まっとうな男です。それに、別の火の見櫓の番人も殺しを目にしていました」

「そうか。で、ホトケの身許《みもと》は？」

「三か月前に上州《じょうしゅう》から江戸にやってきて、近くの旗本屋敷の中間《ちゅうげん》部屋に転がり込んでいた三之助《さんのすけ》という男です」

京之進は息継ぎをして続ける。

「中間の話では、三之助は博打《ばくち》ばかりしていましたが、金は持っているようだったそうです」

「金を持っていた？」

「はい。三之助はときたま夜、屋敷を抜け出していたようです。昨夜も五つ前に出かけたのを見たと話しています」

「中間は行先を知っているのか」

「いえ、何も聞かなかったと」

「誰かに会いに行っていたのか。金を持っていたことも引っ掛かる」

「そのあたりのことを調べてみます」

「いずれにしろ、現場までやってきたときに、突然頬かぶりの侍に襲われたということだな」

「はい」

「財布は？」

「ありました。強盗ではなさそうです」

「ときどき出かけていたのは誰かから金を引き出すためだったかもしれぬ。その者が侍に殺しを依頼したという見方も出来る」

と、剣一郎は想像した。

「はい。その方面でも探索してみます」

「頼んだ」

京之進が引き上げたあと、多恵《たえ》がやってきた。

「おまえさま、今日も太助《たすけ》さんはこないのかしら」

「いなくなった猫を探しているようだ。猫は夜行性だ。どうしても夜の探索になる」

剣一郎は答える。

「じゃあ、明日の夜も難しいかしら」

多恵はがっかりして言う。

太助は猫の蚤《のみ》取りやいなくなった猫を探すことを商売にしている。ある縁から剣一郎の手先としても働いてくれるようになり、頻繁《ひんぱん》に屋敷にも顔を出している。

「いなくなって十日も経っているというから、探すのはちょっと骨かもしれぬな」

「そうですか」

多恵はため息をついたが、ふと眉根を寄せて、

「好きな女子《おなご》でも出来たんじゃないかしら」

と、きいた。

「まさか。太助は女子より猫のほうが好きなようだ」

「どうかしら」

「うむ？」

多恵は勘の鋭い女だ。今までにもその勘の冴《さ》えに何度も驚いたことがある。太助に好きな女子が出来たとなれば喜ばしいことだ。

「太助さんに好きな女子が出来たら、ここにはあまりやってこなくなるでしょうね」

多恵が寂しそうに言う。

「なんだ、太助に好きな女子が出来るのがいやなのか」

「剣之助《けんのすけ》みたいに……」

志乃《しの》という嫁がきてから伜《せがれ》の剣之助の世話をしなくなって、多恵は寂しい思いをしていたのだ。

それが、太助が現われてすっかり元のように明るくなった。

「それはそれで仕方ないことだ。太助のために喜んでやるべきだ」

「それはそうなんですが……」

「不思議なものだ」

剣一郎は真顔になって言う。

「何がですか」

「いや」

「いやですよ、仰《おつしや》ってください」

「うむ。そなたはいつも凜《りん》として何事にも動じない強い女子と思っていた。なのに、太助のことになると別人になる」

「いやですわ。青痣《あおあざ》与力の妻として、恥ずかしくない振る舞いを心がけているだけで、ほんとうは弱い女です」

多恵はしおらしく言うが、近隣だけでなく、遠くからも多恵に相談にくる女子が後を絶たない。真剣に耳を傾け、適切な助言を与えているので、多恵に対する女子衆からの信頼は絶大なものがある。

「そなたが多くの衆から慕われているのは青痣与力の妻だからではない。そなた自身の徳だ」

「そんなことはありませんが、おまえさまにそう仰っていただけるのは身に余る誉《ほま》れですわ」

「そなたとふたりでしみじみ語り合うのもよいが、やはり太助が顔を見せないのは寂しいものだ」

正直な気持ちを口にし、剣一郎は庭に目を向けた。

植込みの葉を揺らして、少し涼しくなった風が吹いてきた。太助はどのような女子を好きになるのだろうと、剣一郎は気になった。

二

耳をつんざく蟬《せみ》の鳴き声が急に止み、目の前を蟬が飛んでいった。また、別の樹から鳴き声がした。

夕方になっても暑さは引かない。草いきれのする吾妻橋を今戸町《いまどまち》に入った。

太助は雄の三毛猫を胸に抱えて今戸焼の『三桝屋《みますや》』の前にやってきた。店先には七輪や火鉢、焙烙《ほうろく》、火消し壺《つぼ》などの他に、五重塔や狸《たぬき》、兎《うさぎ》などの土人形も並んでいる。

太助は裏にまわった。川っぷちには乾燥した瓦を焼いている煙《けむり》が上がっている。『三枡屋』の瓦師や焼物師が立ち働いている。粘土をこねている褌《ふんどし》ひとつの男から汗がしたたり落ちていた。

太助は『三枡屋』の裏口に立って声をかけた。

「ごめんください」

猫が鳴いた。たちまち足音が聞こえ、富士額に三日月眉、くりっとした丸い目に穏やかな口元。十七歳になる『三枡屋』のひとり娘のおそのが現われた。

おそのは猫を見るなり、

「ミケ」

と、叫んだ。

太助の胸から猫が飛び降りて、おそののところに走った。

「どこに行っていたの。心配したのよ」

猫を抱き締め、おそのは頬ずりをした。

『三枡屋』の内儀《おかみ》おふさから、猫探しの依頼があったのは三日前だった。長谷川《はせがわ》町《ちょう》の太助の長屋におふさからの使いが来た。

「娘が可愛がっていた猫がいなくなった。もう七日も経つ。何かあったのではないかと娘は憔悴《しょうすい》している」

と、切実に訴えた。

太助は猫の蚤取りを生業《なりわい》にしていたが、近ごろは行方不明になった猫を探す依頼のほうが多くなった。

「どこにいたのですか」

おそのがきいた。

「春慶寺《しゅんけいじ》の本堂の下です」

「まあ、そんな近くに」

「昨日までいませんでしたから、今日になってどこか別の場所から本堂の下にきたのではないでしょうか」

雄猫はときたま家を出てしばらく帰ってこないこともある。今回のミケの場合も七日も姿を晦《くら》ましていたというので、自ら出かけて行ったのならそろそろ帰ってくるころだと思い、この近くに見当をつけて張っていたのだ。だから、太助が探さなくても、ひとりで帰ってきたかもしれない。

ただ、猫の仲間といっしょにどこか遠くに行ってしまったのなら、餌《えさ》も満足に食べられないので痩《や》せて、体も汚れているはずだ。しかし、ミケはそれほど汚れてはいなかった。

内儀のおふさが出てきた。

「ミケ、帰ってきたんだね」

「ええ、おっかさん、見て」

おそのは猫を見せる。

「元気そうね」

「おそらく、どこかで餌をもらっていたのではないかと思われます」

太助は想像した。

「誰かが連れていったのね」

おふさがきいた。

「さあ、猫仲間とはぐれて彷徨《さまよ》っているところを家に入れてもらったとも考えられます」

「じゃあ、今度はそのひとがミケがいなくなったと騒いでいるかもしれませんね」

おふさが言い、

「さあ、太助さん、お上がりになって」

と、勧めた。

「いえ、足も汚れ、体も埃《ほこり》だらけですから」

「じゃあ、庭にまわってください」

「わかりました」

太助は裏口を出て、庭木戸から庭にまわった。

縁側に、おそのが待っていた。

太助が縁側に腰を下ろすと、女中が茶菓《ちゃか》と茶を持ってきた。そして、おふさがやってきて、懐紙に包んだものを差し出した。

「じゃあ、いただきます」

太助は受け取って中を見てから、

「これはちょっと多過ぎます」

と、顔を上げた。

「いいんですよ。見つけていただいたお礼」

「でも、あっしが探さなくてもきっと帰ってきたと思います」

「そんなことないわ。太助さんのおかげ。遠慮しないで」

「すみません。じゃあ、ありがたくちょうだいいたします」

手間賃と心付けを懐《ふところ》にしまった。

「十年前も太助さんがいてくれたら、ハナも見つかったでしょうね」

おふさが呟《つぶや》いた。

「今からでも探し出せないかしら」

おそのが思いついたように言ってから、

「それは無理よね。十年前ですものね」

と、自嘲《じちょう》して言う。

「ハナというのは？」

「十年前に飼ってた三毛猫なんです。私が七歳のときにいなくなってしまいました」

「毎日泣いていました」

おふさが言う。

「そうですか。それは悲しかったですね」

太助は湯呑みを持って言った。

「ミケがいなくなり、お千代《ちよ》さんも亡くなって。だから、よけいに悲しかったんです」

おそのがしんみり言う。

「お千代さんとはどなたなんですか」

湯呑みを口から離して、太助はきいた。

「近くに住んでいたお妾《めかけ》さんです。ハナがよくそこに遊びにいっていて。お千代さんにとても懐《なつ》いていたんです。だから、私もお千代さんに可愛がってもらっていたんです」

「病気だったんですか」

「いえ、殺されたんです」

おふさが答えた。

「殺された？」

「ええ、旦那《だんな》といっしょにいるところに賊《ぞく》が忍び込んで……」

旦那とお千代を惨殺した。

「亡骸を見つけたのは私だったんです」

おふさが眉根を寄せた。

「ほんとうですか」

「ええ、夜の五つ（午後八時）になってもハナが帰ってこないので、またお千代さんのところじゃないかと思って行ってみたんです。そしたら、格子戸が開いていて……」

十年前なのについこの間のことのように、おふさは身をすくめた。

「下手人は捕まったんですかえ」

「いえ、見つからなかったようです」

「お千代さんが殺された夜からハナもいなくなったので、ハナもいっしょに賊に殺されてしまったのではないかと心配したのですが、猫の死骸は見つからなかったと花川戸《はなかわど》の源吉《げんきち》親分が仰ってました。でも」

おふさは表情を曇《くも》らせ、

「ハナは猫取りに連れさられたのではないかと親分が……」

と、ため息をついた。

「猫取りですか」

太助も思わず顔をしかめた。

猫取りとは紙屑拾いの体《てい》で町々を歩き、野良猫をさらって皮を剝《は》いでなめし、三味線《しゃみせん》屋に売りさばく一味の者だ。猫の皮は三味線に利用される。飼い猫には手を出さないことになっているが……。

「飼い猫をつれていった者がいたのですか」

太助は憤慨して言う。

「そうだとしたら、ハナはとっくに殺されているでしょう」

「しかし、猫取りに捕まったかどうかはわからないのでしょう。誰かに飼われて、仕合わせに暮らしているかもしれませんよ」

太助は慰《なぐさ》めた。

「そうだといいんですが」

「ハナは何歳でしたか」

「三歳です」

「今十三歳ですか。生きていることは十分に考えられますね」

「太助さん。お願い、ハナを探し出せませんか。太助さんが言うように誰かに飼われているかもしれないもの」

おそのが真顔になった。

「いえ、さすがに十年前にいなくなった猫となると……」

「商売柄、たくさんの猫を見る機会がありますよね。もしかしたら、その中にハナがいるかもしれないわ」

おふさもその気になって言う。

「ですが、江戸には数えきれないほどの猫がいます」

「太助さんは猫取りに知り合いはいらっしゃいますか」

「猫を探しているときに、ときたま見かける男のひとがいます」

「そのひとにきいてもらえませんか、猫取りが連れ去ったのかどうか。いえ、わからなくてもいいんです。ただ、もし、機会があったら確かめてくださいませんか」

「わかりました。調べてみます。なにかわかったらお知らせにあがります」

十年前のことがわかるわけないと思っているが、太助はおそのと会う口実が出来て心が浮き立った。はじめておそのに会ったとき、今までにない感情に襲われた。どこか面差《おもざ》しがある方に似ていたのだ。

太助はおそのに見送られて『三枡屋』を出た。

太助は子どものころから猫に馴染んでいた。長屋に猫をたくさん飼っている婆《ばあ》さんがいて、そこの猫としょっちゅう遊んでいた。

そのせいか猫の習性がわかり、猫が考えていることも知ることが出来るようになったのだ。

太助は今戸から日本橋長谷川町に帰ってきた。

腰高障子《こしだかしょうじ》に手をかけたとき、ひとの気配がした。

戸を開けると、羽織を着た男が上がり框《かまち》に腰を下ろして煙草《たばこ》を吸っていた。額《ひたい》の広い、顎の尖《とが》った男だ。そばに若い男が立っていた。

太助を見て、羽織を着た男は煙草盆の灰吹《はいふき》に灰を落とし、ゆっくり立ち上がった。

「猫の蚤取りの太助だな」

「へえ、どちらさまで」

太助はふたりの男の顔を交互に見た。

「俺は本郷《ほんごう》三丁目の格造《かくぞう》という十手《じって》持ちだ」

「親分さんですか、おみそれいたしました」

太助は頭を下げ、

「すみません、すぐ灯《ひ》を点《つ》けますんで」

と、格造の脇を通って部屋に上がった。

行灯《あんどん》に火を入れて、改めて上がり框の前に膝を突いた。

「親分さん、何か」

「おめえ、本郷のほうにも行くか」

「へえ、回りますが」

猫の蚤取りと書いた幟《のぼり》を持って町を歩き、客を拾うのだ。

「本郷菊坂町《きくざかまち》の『万屋《よろずや》』という荒物屋の猫の蚤取りをしたことは？」

「いえ、ありませんが」

太助は首を横に振る。

「では、本郷四丁目の『稲木屋《いなぎや》』という履物屋の猫はどうだ？」

「いえ」

「本郷菊坂台《きくざかだい》のおつねという後家《ごけ》の家の……」

「親分さん。いったい、何があったんでしょうか」

たまらず、太助は口をはさんだ。

「いま口にした家はいずれも猫を飼っていて、蚤取りをしてもらっている」

格造が鋭い目を向けて言う。

「本郷菊坂町の『万屋』は一か月前。本郷四丁目の『稲木屋』は半月前。そして、本郷菊坂台のおつねという後家は四日前だ」

「…………」

「この三軒とも、猫の蚤取りを頼んだ翌日か翌々日に空き巣に入られている。ちょっと部屋を留守にした隙《すき》を狙《ねら》われている」

「そうですかえ」

太助は顔をしかめてから、

「事情はわかりました。ですが、あっしは同業者とはつるんでないのでわからないんですが」

「同業者のことはいい。おまえ、ふつか前の昼過ぎ、どこにいた？」

「えっ？」

「とぼけるんじゃねえ。どこにいたかってきいているんだ」

「まさか、あっしを疑っているんですかえ」

太助は驚いてきき返した。

「潔白なら、何も驚くことはあるめえ。ふつか前の昼過ぎ、どこにいた？」

「今戸です。依頼されて、行方不明になった猫を探していました」

「それを証《あか》すことは出来るか」

「依頼人にきいてくだされればわかります」

「依頼されたことがほんとうでも、実際に猫を探していたかどうかは別だ。今戸で探すふりをして、ほんとうは本郷菊坂台に行っていたかもしれねえ」

「冗談じゃありませんぜ」

「だったら、証を示すんだ。誰か会った者がいるか」

「猫を探して、人気のない場所にいたんです」

「では、きょうの昼間はどうだ？」

「春慶寺の境内《けいだい》にいました」

「誰か証してくれる者は？」

「いません」

「そうか。すまねえが、持ち物を調べさせてくれねえか」

「持ち物？」

「財布だ」

「なぜです？」

「なんだ、見せられねえのか」

「親分さん。あっしが空き巣を働いたっていう証があるんですかえ。あるんだったら、それをまず見せていただけませんか」

「なんだと。てめえ、親分に逆らうのか」

手下が顔色を変えた。

「どうやら見られたらまずいらしいな」

格造が低い声でいい、

「やい、太助。つべこべ言わずに出しやがれ」

と、眦《まなじり》をつり上げた。

「出さねえ気だな。おい、押さえろ」

「へい」

手下がいきなり部屋に上がり、太助を羽交い締めにした。

格造が太助の懐から財布を抜きとった。

中を見て、格造は勝ち誇ったように口元を歪め、

「二両か。後家さんのところから盗まれた金も二両だ」

「違う。そいつは飼い猫を見つけた手間賃と心付けだ」

太助は叫んだ。

「とりあえず自身番でじっくり聞こう。引っ立てろ」

「待ってくれ」

「観念しやがれ」

手下が強引に引っ立てた。太助は土間に引きずり下ろされた。

そのとき、戸が開いた。

編笠《あみがさ》をかぶった侍が立っていた。

「誰でえ。邪魔だ。どいてもらいやしょう」

格造は十手をひけらかした。

「太助、何があったのだ？」

「青柳さま」

太助は思わず声を上げた。南町奉行所の与力青柳剣一郎だった。

「あっしに空き巣の疑いが」

「なに、太助に空き巣の疑いだと」

剣一郎は編笠をとった。

「青痣与力……」

格造の顔色が変わった。手下もつかんでいた太助の腕から手を離した。

剣一郎は若い頃、押し込み一味に単身で乗り込み、全員退治したことがある。

そのとき頬に受けた傷が微かに青痣として残った。その青痣は勇気と強さの証であり、江戸の人々は畏敬の念を込めて、剣一郎を青痣与力と呼ぶようになったのである。

「太助に空き巣の疑いとは穏やかではない。詳しく聞かせてもらおうか」

「青柳さまは太助とはどのようなご関係で？」

「わしの身内のようなものだ」

「もう疑いは晴れました。太助、邪魔したな」

そう言い、格造は急いで剣一郎の脇をすり抜けた。手下もあわててあとを追う。

「太助、大事ないか」

剣一郎は戸を閉めて言う。

「青柳さま。ありがとうございました。自身番まで連れて行かれるところでした。でも、どうしてここに？」

どうして剣一郎がここにやって来たのか不思議だった。

太助はふた親が早死にし、十歳のときからシジミ売りをしながらひとりで生きてきた。

町で、親子連れを見かけると、ふいに寂しさに襲われた。あるとき、神田川《かんだがわ》の辺《ほとり》でしょぼんと川を見つめていると、声をかけてくれた侍がいた。問われるままに、寂しくなってふた親を思いだしているのだと答えた。

「おまえの親御はあの世からおまえを見守っている。勇気を持って生きれば、必ず道は拓《ひら》ける」

侍はそう言った。太助にはその言葉が励みになった。

その侍が南町奉行所与力青柳剣一郎であることをあとで知った。

ある事件で再会したことをきっかけに、太助は猫の蚤取りをしながら剣一郎の手先として働いているのだ。

「わしも不思議だ」

剣一郎が言った。

「じつは多恵が、なんだか胸騒ぎがするから太助のところに行ってくれと言うのだ。それでやってきた」

「多恵さまが」

太助も驚いた。多恵は剣一郎の妻女だ。

「恐ろしい勘だ。太助、これから屋敷に来てはどうだ。多恵も安心するだろう」

「わかりました」

太助は急いで支度《したく》をし、剣一郎とともに八丁堀の屋敷に向かった。草いきれがむっとしたが、太助は浮き立つ気持ちで剣一郎と並んで歩いた。

八丁堀の屋敷に着くと、多恵が奥から飛び出してきて、

「太助さん、なんともなかったのね」

と、安心したように言った。

「いえ、じつは自身番にしょっぴかれるところでした」

太助は部屋に上がってから説明した。

「青柳さまがいらっしゃってくれなかったら、今夜は自身番に留め置かれたでしょう」

「まあ」

多恵は眉根を寄せた。

「そなたの勘には恐れ入った」

剣一郎は感心した。

「でも、どうして猫の蚤取りが訪れた家に空き巣が入ったのかしら。まさか、太助さんを貶《おとし》めようとして……」

「太助に思い当たることはあるか」

剣一郎もきく。

「いえ、ありません、それに、誰かにつけられていたら気づきます」

「偶然かもしれぬな。猫を飼っている家は小金を持っていると踏んで忍び込んだのかもしれない」

「そうですね」

「ところで、太助さんは行方不明の猫を探していたのでしょう。見つかったの？」

多恵が心配そうにきいた。

「ええ、見つかりました。今戸の春慶寺の本堂の下にいました。もっとも、あっしの手柄というより、猫が自分から帰ってきたのだと思います」

「でも、太助さんが見つけたことには変わりないでしょう。さぞかし、依頼された方は喜んだでしょうね」

「ええ。十年前にも猫がいなくなっているので、かなり心配していました」

「その猫は見つからなかったの？」

「ええ。土地《ところ》の親分さんは、猫取りに連れていかれたのかもしれないと言っていたそうです」

「なぜ、岡っ引きが出てくるのだ？」

剣一郎はきいた。

「殺しのあった家に猫がよく遊びに行っていたそうです。事件と同じ日に猫がいなくなったので、親分さんに……」

そのとき、腹の虫が鳴いて、太助はきまり悪げに話を中断した。

「あら、太助さん。お腹空いているのね」

「太助、いっしょに夕餉としよう」

剣一郎が微笑《ほほえ》んで言う。

「へい」

太助は弾んだ声で返事をして立ち上がった。

三

数日後の朝、出仕すると、宇野清左衛門《うのせいざえもん》に呼ばれ、剣一郎は年番方与力の部屋に行った。清左衛門は朝早くから出仕している。今も文机《ふづくえ》に向かい、熱心に帳簿に目を通している。

「すまない。少し待ってもらいたい」

清左衛門は帳簿から目を離さず言った。

「どうぞ」

剣一郎はそばで待った。

清左衛門は金銭面も含めて奉行所全体を取り仕切っている。何年かごとに代わるお奉行も清左衛門の協力なしでは何も出来ない。

そんな清左衛門がもっとも頼りにしているのが剣一郎であった。

「待たせた」

清左衛門が振り返り、

「毎日暑いな。体のほうはどうだ?」

と、きいた。

「はい、おかげさまで、変わりなく過ごしております」

剣一郎は訝《いぶか》りながら答えた。

「そうか。それはよかった」

「宇野さま。何か」

「うむ」

清左衛門は眉を寄せたが、すぐ気づいたように、

「じつはまた長谷川《はせがわ》どのが呼んでいるのだ」

と、口にした。

内与力の長谷川四郎兵衛《しろべえ》のことだ。内与力はもともとの奉行所の与力でなく、お奉行が赴任と同時に連れて来た自分の家臣である。

「また、青柳どのに何かをやらせようというのだろう。困った御仁《ごじん》だ」

「なんでしょうか」

「さあな」

「すぐ行かなくてよろしいので」

「少しは待たせてもよい」

清左衛門は言ったが、

「ともかく、行ってみるか」

と、渋い顔で立ち上がった。

内与力の用部屋の隣にある部屋に行くと、すぐに長谷川四郎兵衛がやって来た。

剣一郎は低頭して迎えた。

「ごくろう」

四郎兵衛は腰を下ろして尊大に言う。

「長谷川どの、また青柳どのに何かやらせるおつもりですか」

清左衛門がいきなりきいた。

「いや、まずは宇野どのに話すべきことだが、どうせ宇野どのは青柳どのに頼まれるのであろうと思うてな、いっしょにきてもらったのだ。そのほうが手間が省けるでな」

「どういうことかわかりませんが、なんでもかんでも青柳どのに頼るのはいけないと思っているところで……」

「ともかく、話を聞いてもらおう」

清左衛門の言葉を強引に制して言う。

「そうですか。では、お伺いいたしましょう」

清左衛門はむっとしたように言う。

「じつは先日、定例の内寄合《うちよりあい》が北町であった」

四郎兵衛が切りだした。

月に三度、九日、十八日、二十七日に南北のお奉行が月番の奉行所で顔を合わせ打ち合わせを行なう。これを内寄合という。南北の奉行所は対立関係にあるのではなく、お互いに協力しあって仕事を進めていく。

今月の月番は北町なので、非番の南町のお奉行が北町に赴《おもむ》いたのだ。いつも四郎兵衛が供についていく。

「その席で話し合われたのが、発生から何年も経っていまだに下手人が挙がっていない事件についてだ」

「そのことについては悩みの種だ」

清左衛門は素直に応じる。

「この機会に、改めて調べ直すべきではないかという話になった。特に、十年以上前の未解決事件だ。南北の奉行所それぞれに調べ直すことになった」

四郎兵衛は間をとって、

「そこで記録を調べると、十年前の十一月晦日《みそか》に今戸の妾宅《しょうたく》で妾と旦那が殺された。この下手人がとうとうわからず仕舞いではないか」

「うむ。疑わしい人物はいたが……」

清左衛門は口惜しそうに言った。

「ひとがふたりも殺されているというのに、これは由々しきことだろう」

四郎兵衛は言い募る。

「ひょっとして、その事件を青柳どのに調べ直させようと?」

「もちろん、誰に任せるかは宇野どのがお決めになればよい。が、他に誰かおられますかな。結局、青柳どのに頼むしかあるまい」

「うむ」

清左衛門は唸《うな》った。

「ふたりを殺した下手人は今もどこかでのうのうと生きているに違いない。奉行所の威信を保つためにもなんとしてでも解決させたい」

「それはわしとて同じ思いだ」

清左衛門は言ったが、

「だが、十年前の事件が今になって解決出来るとは思えないのだ」

と、悲観的に言う。

「これは宇野どのとは思えぬお言葉」

「いや、わしとて下手人を捕まえたいが、十年前も行き詰まったのでな」

「そのとき、その探索には青柳どのは加わらなかったのか」

「当時の定町廻り同心だった柏木辰之助に任せていた。何度か青柳どのに応援を願おうとしたが、柏木は必ずこの手で解決してみせると言い張ってな。柏木は有能な同心だった。その柏木が解決出来なかったのだ。当時ならともかく、十年も経って……」

「では、打ち捨てておけというのでござるか」

四郎兵衛は強い口調になった。

「そうではない。下手人を捕らえたいのはやまやまだ」

清左衛門は悔しそうに言う。

「青柳どのなら解決できるかもしれぬではないか」

四郎兵衛は口元を歪めて言う。

「宇野さま。やらせてください」

剣一郎は申し出た。

「しかし、十年前のことだからな」

「十年経ったからこそ見えてくるものがあるかもしれません」

「うむ」

「殺された者の恨みを晴らしてやります」

剣一郎は声に力を込めた。

「青柳どの、頼んだ」

四郎兵衛はすかさず言い、立ち上がった。

「長谷川どの、お待ちを」

清左衛門は呼び止め、

「念を押しておくが、この事件は……」

「いや、何としてでも真相を明らかにしてもらわねばならぬ。ある意味、青柳どのの力量が試されているのだ」

冷笑を浮かべ、四郎兵衛は部屋を出て行った。

清左衛門はため息をついて、

「長谷川どのが本気で十年前の事件を解決出来ると思っているとは思えぬ」

と、吐き捨てた。

「どういうことですか」

剣一郎はきいた。

「あの底意地の悪い長谷川どののことだ。今さら真相究明など出来ないと思っていて、あえて青柳どのに任せたのだ。青柳どのを貶めるために」

「それは考え過ぎでは」

「いや、そうではない。はじめから青柳どのを同席させたのもわしの考えを封じるためだ。長谷川どのの思い通りの結果になった」

清左衛門は忌《い》ま忌ましげに言う。

「いずれにしろ、決着のついていない事件をこのままにしておくわけにはいきません。事件から十年、いい機会です」

剣一郎は殺された者の無念を胸に、困難な探索に立ち向かう意気込みを見せた。

「青柳どのがそこまで言うならわしも何も言うまい。だが、どこまで調べられるか。柏木辰之助も無念の涙を呑んだのだ」

「ともかく調べてみます」

心配顔の清左衛門は微《かす》かに頷《うなず》いただけだった。


その日の昼過ぎ、剣一郎は今は臨時廻りになっている同心の柏木辰之助を与力部屋に呼んだ。

先日の強風の夜、殺しがあった浜町堀で会っている。

「何かございましたでしょうか」

辰之助は四十二歳になる。濃い眉に鋭い眼光は、数々の下手人を挙げてきた定町廻り時代と変わっていない。

四年前に定町廻りから臨時廻りになり、今は若い同心の指導などを行なっている。

「十年前の今戸の事件を調べ直すことになった」

剣一郎は口を開いた。

「『伊丹屋《いたみや》』の主人と妾が殺された事件ですか」

辰之助は驚いたようにきく。

「そうだ。日本橋本石町《ほんこくちょう》にある古着屋『伊丹屋』の主人柿右衛門《かきえもん》と妾のお千代が、押し入った賊に殺されたのだな」

「はい。あの事件を青柳さまがお調べくださるのですか」

辰之助が確かめるようにきいた。

「そういうことになった」

「なぜ、今ごろ？」

「十年経った未解決のものをもう一度調べ直すことになって、わしが任された」

「そうでございましたか」

「当時の状況を教えてもらおうか」

剣一郎は促す。

「はい。事件がおきたのは十年前の十一月晦日です。近くにある『三枡屋』の内儀が飼い猫を探しにお千代の家を訪ね、亡骸を見つけ自身番に届けたのです」

辰之助は表情を曇らせ、

「私が現場に駆けつけたのは半刻（一時間）後でした。柿右衛門とお千代は裸のまま血まみれで倒れていました」

「家に柿右衛門とお千代の他には？」

「通いの婆さんが近所に住んでいました。その日は柿右衛門が暮六つ（午後六時）に来てから家に帰り、賊に襲われたときは柿右衛門とお千代のふたりだけでした。私が駆けつけたときには婆さんがお千代にしがみついて泣いていました。婆さんはお千代を孫のように思っていたそうです」

「手掛かりは？」

「はい。柿右衛門は匕首《あいくち》で心ノ臓をひと突き、お千代は喉《のど》を掻《か》き切られていました。下手人はかなり手慣れた者だと思われました。それから、柿右衛門の手に古《ふる》猫《ねこ》の根付《ねつけ》が握られていました」

「古猫？」

「はい。所謂《いわゆる》猫又のことで、象牙で作られていました。根付職人を訪ねたところ、象牙挽物《ひきもの》職人の手になるものではないかというので、象牙挽物職人を訪ねました。そして、作者を見つけました」

辰之助は苦い顔で続ける。

「その職人は、猫間《ねこま》の半蔵《はんぞう》という博打打ちの依頼で作ったと申していました」

「猫又、猫の妖怪か」

「はい。ご存じですか」

「兼好法師《けんこうほうし》の『徒然草《つれづれぐさ》』の中に、奥山に猫又というものありて、という書き出しの段がある」

猫が年をとると霊力を身につけて尾が割れ、猫又になると言われている。

「『徒然草』では妖怪と書かれているが、なぜ猫又を根付に?」

「それが、飼い主に恩を返す猫又もいるそうです。半蔵は博打で運がつくように縁起物だと言っていたとか。それで、背中にも猫又の彫り物を彫ったということでした」

「ずいぶん猫又を気に入っていたようだな。で、半蔵は?」

「行方がわかりませんでした。今戸の事件のひと月前に、深川《ふかがわ》の富岡八幡《とみおかはちまん》で博打打ちを殺して逃げていました。奉行所も探しましたが、板橋宿《いたばししゆく》でそれらしい男が目撃されたのを最後に姿を晦ましたままだそうです」

「半蔵は殺しのあとも江戸に潜伏していて、ひと月後に今戸の妾宅に押し入ったということになるな」

「はい、なぜ、ひと月も江戸に届まっていたのか、そのあいだになにをしていたのか、わかりません」

「半蔵の仕業という証は根付のほかに何かあるのか」

「いえ。根付だけです」

「では、ほんとうに半蔵の仕業かどうかわからぬな」

「はい。半蔵は以前に根付を落としたのかもしれません。その根付を拾った者が半蔵に罪をなすりつけるために、わざと柿右衛門の手に握らせたとも考えられます」

「根付の紐《ひも》に引きちぎられた跡はあったのか」

「ありましたが、あえて柿右衛門が引きちぎったように細工してホトケに握らせたのかもしれません」

「うむ」

剣一郎は現場の様子を想像しながら、

「物盗りか、怨みか」

と、きいた。

「財布や金目のものは盗まれていましたが……」

「物盗り以外で疑わしい者がいたのか」

「はい。柿右衛門かお千代に対する怨みという考えも」

「その前に、お千代がどういう経緯で柿右衛門の妾になったのか教えてもらおう」

「はい。お千代は『伊丹屋』の縫い子でした。お千代は病気の母親とふたり暮らしでした。柿右衛門は親切ごかしに薬代などを貸し、その額がとうてい返済出来ないまでに達したところで本性を現わして、妾になれば金は返さずともよいし、母親の面倒も見てやると言い、お千代をものにしたそうです。それが事件の一年半前です」

「母親は？」

「母親も今戸の家で養生していましたが、事件のひと月前に亡くなっています」

「そうか」

剣一郎はため息をつき、

「お千代は幾つだった？」

「十八歳です」

「お千代の周辺に疑わしい者はいなかったのか」

「お千代には好き合っている佐吉《さきち》という野菜の棒手振《ぼてふ》りの男がおりました。神田《かんだ》多町《たちょう》の長屋で隣同士で住んでいたのです。お千代が妾になってからずいぶん荒れていたそうです。それで、佐吉が怨みから半蔵を雇ってふたりを殺させたのかとも思ったのですが、佐吉の仕業だったらお千代まで殺さないのではないかと。それに、半蔵とのつながりも見つかりませんでした」

「『伊丹屋』の柿右衛門のほうはどうだ？」

「はい。柿右衛門は尊大な男で、ちょっとしたことでも奉公人を頭ごなしに叱り、他人の細君を舐めるように見たりするなどで、嫌われていたようです。ですが、殺しをするまでの者には行き当たりませんでした。ただ、柿右衛門に柿次郎《かきじろう》という弟がいました。この弟に、私は疑いを向けたのですが」

辰之助は続ける。

「柿右衛門が亡くなって、柿次郎が『伊丹屋』に入りました。弟は兄と違い、穏やかな人柄で奉公人からの評判もよいようでした」

辰之助は声を落とし、

「それでも、私はこの弟の柿次郎が気になっておりました。当時、柿次郎は二十八歳で、別の古着屋に奉公に出ていました。兄弟仲は悪くなかったということですが、柿右衛門が死んで一番得をしたのはこの弟です」

「疑いを抱く何かがあったのか」

「一年後に、内儀の婿《むこ》になっているのです。『伊丹屋』の主人は代々柿右衛門を名乗っていますが、今の柿右衛門は弟の柿次郎なのです。内儀のおさわはもともと柿次郎と好き合っていたそうですが、兄の柿右衛門に乗り換えたそうです」

「だったら、柿次郎の恨みは兄より心変わりをしたおさわに向かうのではないのか」

「いえ、おさわへの未練と『伊丹屋』の主人の座。それを狙って、殺したのではないかと。柿右衛門だけ殺《や》れば疑いを招くのでお千代もいっしょに」

「なるほど」

「ですが、半蔵とのつながりが見出せず、捕縛までには至りませんでした。もし、柿次郎の仕業だとしたら、半蔵とはよほどうまく会っていたのでしょう」

「そうか。半蔵が鍵を握っていたということだな」

「はい。ですが……」

辰之助は言いよどんだ。

「どうした?」

「じつは、事件から半年後、中山道《なかせんどう》の倉賀野宿《くらがのしゆく》で背中に猫又の彫り物がある男が殺されました。それが半蔵でした」

「なに、半蔵が死んだ?」

「はい、賭場《とば》でのいざこざに巻き込まれて殺されたようです。下手人は捕まっていません」

「確かに半蔵なのか」

「手札を与えていた岡っ引きを遣わしました。背中に猫又の彫り物があったというだけでなく、自分でも半蔵と名乗っていたので、まず間違いないかと」

「そうか、半蔵が死んでいたのか」

半蔵が殺し屋を頼まれたのだとしたら、半蔵の口から依頼人の名を聞き出すことが出来たが……。

「確かに、難しい事件だ」

前途の多難さを思い知らされ、剣一郎は思わず唸った。

四

夕方になって幾分暑さが和《やわ》らいだ。剣一郎は十年前の裁許帳《さいきょちょう》に目を通してから奉行所を出た。

屋敷に帰り、夕餉を終えてから部屋に戻り、十年前の事件を反芻《はんすう》した。柏木辰之助は半蔵に罪をなすりつけようとした者がいたかもしれないと言っていたが、実際に柿右衛門とお千代を手にかけたのは恐らく猫間の半蔵だろう。が、半蔵は殺し屋に過ぎない。半蔵を雇った人物がいるのだ。

だが、その半蔵が殺されて、依頼人を聞き出すことは出来ない。

ふと庭にひとの気配がした。

「太助か」

剣一郎は声をかけた。

「そうです」

太助が庭先に立っていた。

「どうした、上がれ」

「いえ、方々を歩きまわって足が汚れてますので」

「だったら台所へ行き、足を濯《すす》いでこい。飯もまだなのだろう」

「へい」

「ついでに食ってこい」

「いつもいつもご馳走になっては……」

「なにを遠慮しているのだ。多恵が待っている」

「わかりました」

太助は台所にまわった。

剣一郎は再び十年前の事件に思いを馳《は》せた。

柿右衛門が死んで一番得をしたのが弟の柿次郎だと、辰之助が言っていた。確かに、今は『伊丹屋』の主人に収まっている。内儀とはもともと好き合っていた同士だという。だが、柿次郎が黒幕だったとして、実の兄を殺すことが出来るのか。もっとも、内儀のおさわのことで兄弟に確執があったかもしれない。

剣一郎が考えに没頭していると、太助が戻ってきた。

「青柳さま」

「なんだ?」

「何か、考え事でも? なんだかとても厳しい顔つきでした」

「そうか。じつは十年前の……」

剣一郎は切りだしたとき、ふと先日の太助の話を思いだした。

「太助。十年前、殺しがあったときから猫がいなくなったという話をしていたな」

「へえ、今戸の『三枡屋』さんです」

「やはり、『三枡屋』か」

剣一郎は偶然に驚いた。

「『三枡屋』に何か」

怪訝《けげん》そうに、太助がきいた。

「十年前、今戸の妾宅で殺しがあった。亡骸を見つけて自身番に届けたのが『三枡屋』の内儀だと聞いた」

「そのとおりです。内儀さんが仰ってました。猫を探しに行ってひとが死んでいるのを見つけたそうです」

「太助。明日、付き合ってくれ」

「『三枡屋』ですね、よございます」

太助が声を弾ませたので、剣一郎はおやっと思ったが、

「それより、方々を歩きまわったと言っていたが、空き巣の件か」

と、確かめるようにきいた。

「そうです。本郷から小石川《こいしかわ》、牛込《うしごめ》のほうにかけて、かつてあっしが猫の蚤取りでお邪魔した家を訪ねてみました。でも、空き巣に入られたって家は一軒もありませんでした」

「やはり、たまたま重なっただけか」

「そうだと思います。ただ……」

太助が困惑したような顔をした。

「どうした?」

「あっしが訪ねた家で聞いたのですが、知り合いの家の猫がいなくなったそうなんです」

「いなくなった?」

「どうも猫取りに連れて行かれたようなんです。紙屑買いが家の周辺をうろついていたといいます。飼い猫にまで手を出すなんて」

太助は憤慨した。

「猫取りが飼い猫に手を出すだろうか。なめし屋も飼い猫だとわかれば引き取らないと思うが」

剣一郎は疑問を口にした。

「では、なんでしょうか」

「ネズミを上手に獲る猫は高値で取り引きされるそうではないか」

「そういえば、そこの猫はネズミをよく獲ると言ってました。じゃあ、そのために……」

「わからぬが。ただ、救いはそれだったら生きているということだ。探し出せるかもしれぬな。依頼を受けたのか」

「いえ」

太助は首を横に振り、

「すでに新しい猫を飼いはじめていて」

「なに、探そうとしないのか」

「殺されたと思い込んでいるんです。だから新しい猫を」

「そうか」

猫は代わりがきくのかと、剣一郎は複雑な思いがした。

明け方は涼しかったが、陽が上るにつれ、暑さがきびしくなってきた。

剣一郎は太助とともに今戸町にやってきた。川っぷちでは瓦を焼いている。対岸の中《なか》の郷瓦町《ごうかわらまち》と並んで瓦師や焼物師の多い場所だ。

『三枡屋』の店先には火鉢や焙烙などが並んでいる。その前を素通りして木立に囲まれた静かな場所に出た。

黒板塀に囲まれた二階家が現われた。事件のあと、惨劇のあった建物は壊され、新しく建て直された。今は、『伊丹屋』の持ち家ではない。

二階から大川に都鳥《みやこどり》の飛び交う姿を眺めることができ、かなたに筑波山《つくばさん》を望める風光明媚《ふうこうめいび》なところだ。妾宅や大店《おおだな》の寮の多いことも頷ける。

十年前の十一月晦日、賊の男は押し入る前にこうして妾宅を眺め、それから意を決して門を入って庭にまわり、雨戸を外し、家の中に侵入したのであろう。

その賊は半蔵だったのか。金を奪っていったが、金目当てではないようだ。あくまでも柿右衛門を殺すことが狙いだったのではないか。お千代はその道連れにされたのだ。柿右衛門は縫い子だった娘を妾にするとんでもない男だ。それでも殺されなければならぬわけはない。お千代は柿右衛門の妾になったことで、思いも寄らぬ運命を辿ることになった。

「『三枡屋』の猫はここまで遊びにきていたのか」

「ええ、お千代って妾が遊びにくる猫を可愛がってたそうです」

「よし。『三枡屋』の内儀に会ってみよう」

剣一郎は引き返した。

『三枡屋』の入口に立ち、太助が声をかけて戸を開けた。

女中が出てきた。

「あら、猫探しの」

「へえ、太助です。内儀さんにお会いしたいのですが。じつは南町の青柳さまが内儀さんにお訊ねしたいことがあるのです」

女中は太助の背後にいる剣一郎を見て、急いで奥に引っ込んだ。

「青柳さま」

すぐに戻ってきて、女中は客間に招じた。

剣一郎は腰の刀を外し、部屋に上がった。

客間に通されると、待つまでもなく、ふくよかな顔立ちの女がやってきた。

「内儀のおふさでございます」

おふさは丁寧に挨拶《あいさつ》をする。

「南町の青柳剣一郎だ。太助が世話になっているようだな」

「とんでもない。こちらこそ、感謝しております」

「じつは十年前の近所で起きた殺しの件できききたいのだ」

「十年前の……」

おふさは不安そうな顔をした。

「十年前の十一月晦日、そなたが妾宅で骸《むくろ》を見つけたそうだな」

「はい。冷え冷えとした夜でした。飼い猫のハナがどこを探してもいなくて、娘がまたお千代さんのところかもしれないと言って出かけようとするので、風邪を引くといけないと思い、私が出向いたのです」

おふさは思いだすように口にした。

「お千代さんの家に行くと、入口の格子戸が少し開いていたのです。こんな寒い夜なのに、どうして開いているのかと不審に思って土間に入って声をかけたのです。でも、返事はありません。何か生臭いようないやな臭いが微かにして背筋がぞっとしました。恐れながら真っ暗な部屋を見つめていると、ひとの足のようなものが見えたんです。もう恐怖に耐えきれずに土間を飛び出し、そのまま自身番に駆け込んだのです」

「生臭いような臭いは血の臭いだ。殺されて間がなかったのだ」

剣一郎が言うと、太助が口をはさんだ。

「じゃあ、家の中に賊がまだいたのかもしれませんね」

「まあ」

おふさが眉根を寄せた。

「いや、格子戸が少し開いていたのは賊が出て行ったあとだったからだろう。だが、門の内側に隠れていた可能性はある」

「危ないところだったなんて」

おふさは身震いした。

「殺されたお千代という妾とは親しかったのか」

「いえ、私はそれほどでもないんですが、娘が懐いていました」

「娘か」

「おそのさんっていい、当時は七歳だったそうです」

太助が口をはさんだ。

「お千代の家の通いの婆さんを知っているか」

「いえ。おそのは知っていると思いますが」

「そうか。すまないが、おそのを呼んでもらえぬか」

「はい。少々お待ちください」

おふさは立ち上がって部屋を出た。

しばらくして、若い女が入ってきて、部屋の中が華やいだ。太助が落ち着きをなくしたのに、剣一郎は気づいた。

「おそのです」

おそのは母親と同じように丁寧に挨拶をした。若い頃の多恵にどこか似ていた。

「すまない。十年前のことだ」

と、剣一郎は言う。

「はい。今、おっかさんから聞きました」

「お千代という妾とは親しかったそうだな」

「はい。ハナを追ってあの家に行き、お千代さんと出会いました。それから仲良くなりました」

「通いの婆さんがいたそうだが？」

「はい。お婆さんも私を可愛がってくれました」

「旦那とは会ったことはあったか」

「はい。ふいにやってきて、私がいると、すごくいやな顔をされました。お千代さんはごめんなさいって謝ってくれたんです」

「そなたはお千代のことが好きだったのだな」

「はい。姉のように思っていました。だから、亡くなったと知って大泣きしたことを覚えています」

「お千代と旦那の仲はどんな感じだった？」

「お千代さんはずいぶん旦那さまに尽くしているようでした」

「旦那がやって来ないとき、お千代のところに誰か訪ねてきてはいなかったか」

「いえ、そんなひと見たことはありません」

「そうか」

剣一郎は応じてから、

「猫はどうした？」

と、きいた。

「そのときからいなくなりました」

　おふさが口を入れた。

「きっと、ハナも襲われてどこかで死んでしまったのだと思います。猫は死ぬところをひとに見せないというので。親分さんは猫取りに連れ去られたのかもしれないと言ってましたが……」

「そうか。ところで、通いの婆さんは近所に住んでいたそうだが、今も達者でいるのだろうか」

「はい。ときどき、見掛けます」

　おそのは答えた。

「名は？」

「お敏《とし》さんです」

「住まいはわかるか」

「はい。『田村屋《たむらや》』という荒物屋の二階を間借りして暮らしています。ときたま、店番もしているようです」

「身内は？」

「いないと思います」

「わかった。邪魔をした」

剣一郎は立ち上がった。

「太助さん、また来てください。今度は猫の蚤取りをお願いします」

おそのが声をかけた。

「へい、いつでも参ります」

太助はうれしそうに言う。

外に出てから、剣一郎は太助の顔を見て、

「なかなかいい娘ではないか」

と、口にした。

「ええ、まあ」

太助はどぎまぎしたように言う。

「どうした?」

「えっ、何がですか」

「いや」

剣一郎は微笑み、

「ちょっと若い頃の多恵に似ている」

「は、はい」

今戸町の町筋を行くと、『田村屋』という荒物屋が見えてきた。

店先に立った。白髪の老婆が店番をしていた。

「お敏さんですかえ」

太助が声をかけた。

「おまえさんは？」

お敏は怪訝な顔できいた。

「こちら南町の青柳さまだ」

太助が言うと、お敏は目を見張り、

「青痣与力……」

と呟《つぶや》き、あわてて立ち上がろうとした。

「そのままでいい」

剣一郎は声をかける。

しかし、お敏は立ち上がった。背中が丸まってこぢんまりした体つきだ。

「十年前のことをききたい」

剣一郎は切りだす。

「十年前……」

お敏は困惑したように呟く。

「そなたは、日本橋本石町にある古着屋『伊丹屋』の妾宅に通っていたそうだな」

「はい」

お敏ははっきり頷いた。

「旦那の柿右衛門と妾のお千代が殺されたときのことを覚えているか」

「覚えています。でも、なんで、そんな昔のことを？」

お敏は不審そうにきいた。

「下手人が挙がらなかった事件をもう一度、調べ直すことになったのだ」

「さいでございますか」

「ふたりが殺された夜、そなたは妾宅にはいなかったのだな」

「はい、旦那が帰ってきてからここに戻ってきました」

「殺しがあったのをどうして知ったのだ？」

「目の前の通りをひとがあわただしく駆けていく足音を聞いて、なんだろうと思って窓から覗《のぞ》いたら提灯《ちょうちん》を持った奉行所のひとたちでした。ここのご亭主が様子を見に行ったら、お千代さんの家で何かあったらしいと聞き込んできたのです。それで、あわてて駆けつけました」

　お敏はまるで昨日のことのように話した。

「門の傍《かたわら》にいた奉行所のひとに通いの者だと言うと、顔を確かめろと中に入れてくれました。そしたら、お千代さんが血だらけで倒れていました」

　お敏は大きく息を吐いた。

「そなたはお千代の家に何年通ったのだ」

「一年半です。お千代さんがあの家に住みはじめたときからです。自分の孫のように思っていました。だから、とても悔しかったことを覚えています」

「お千代はどんな女子だった？」

「とてもやさしいお方でした。ときたま家に遊びにくる猫を可愛がっていたんです。だから、猫を飼ったらどうかと勧めたら、旦那が猫嫌いだから無理なんだと」

「旦那が来ないとき、お千代を訪ねてくる者はいなかったか」

「いません」

「お千代は外出は？」

「月に一度、浅草寺《せんそうじ》の観音様にお参りに」

「ひとりでか」

「いいえ、いつも私がいっしょでした。旦那さまから必ずついていくように言われていましたから」

「旦那はお千代に口うるさかったのか」

「はい。でも、お千代さんのことをそれだけ大事にしていたということかもしれません。お千代さんの母親の面倒も見ていました」

「最初は病気の母親もいっしょに暮らしていたのだな」

「はい。お医者さまに診《み》てもらい、いいお薬も飲むことが出来て、穏やかに最期を迎えられたと、お千代さんも旦那さまには感謝していました」

「ふたりを殺した賊のことで何か思い当たることはあったか」

「いいえ、さっぱりわかりません」

「そうか。わかった。邪魔した」

剣一郎は礼を言い、土間を出た。

まるで、探索の行く手を遮ろうとするかのような強い陽射しが直撃し、剣一郎はあわてて編笠をかぶる。

どこからか蟬の鳴き声がけたたましく聞こえてきた。

空き巣のことで本郷に向かう太助と別れ、剣一郎は花川戸の源吉の家に行った。

源吉は女房に煮売屋をやらせていたが、今は息子夫婦に代を譲り、離れで余生を過ごしていた。

「十年前の今戸の妾宅での殺しについて聞きたい。いちおう、同心の柏木辰之助からも一通りは聞いたが」

「柏木の旦那はお達者で？」

源吉は懐かしそうにきいた。顔には深い皺《しわ》が刻まれている。五十は過ぎているだろう。

「元気だ。そなたはいつ岡っ引きをやめたのだ？」

「四年前です。柏木の旦那が町廻りから異動になったのを機に引退しました。四十八でしたから潮時だと思いまして。ただ、柿右衛門と妾を殺した下手人を挙げられなかったのが心残りでした」

「柿右衛門は猫又の根付を握っていたそうだな」

「へい。刺されるときに下手人の根付をつかんだのだと思われますが、かなり腕の立つ下手人のようでしたし、根付を奪われるかちょっと疑問でした」

「下手人がわざと握らせたというわけか」

「はい、半蔵に罪をなすりつけるために。でも、柏木の旦那は下手人が半蔵の根付を持っていたというのも解せないと。いずれにしろ、半蔵から話を聞けば、何か手掛かりが得られると言っていたのですが……」

「倉賀野宿で殺されたそうだが、半蔵に間違いなかったのか」

「はい、あっしが倉賀野に行って確かめました。残念ながら、半蔵でした」

「柿右衛門とお千代の周辺を調べたのか」

「調べました。もっとも疑わしいのは柿右衛門の弟の柿次郎でした。兄の死後、柿次郎が『伊丹屋』に入って商いを取り仕切り、一年後に内儀の婿になりました。おさわと柿次郎はもともと好き合っていた仲でしたし」

「柿次郎が半蔵を使って兄柿右衛門を殺させたと考えたか」

「はい。ですが、柿次郎と半蔵のつながりは見出せませんでした。別の殺し屋がいて、その殺し屋が半蔵に罪をなすりつけたのではとも考えましたが、柿次郎が殺し屋を雇ったという証はありませんでした」

源吉は首を横に振りながら言う。

「お千代と好き合っていた佐吉という男は？」

「佐吉だとしたら、お千代まで殺すとは思えないのです。柿右衛門さえいなくなればお千代は自由の身になれるのですから。その後も佐吉は荒れた暮らしをしています。ふたりに怨みを晴らしたにしては、冴えない生きざまです」

「佐吉は今、どこにいるのかわかるか」

「いえ。五年前までは神田多町の裏長屋にいましたが」

「そうか、邪魔をした。また、ききにくるかもしれぬが」

「この事件を調べ直すんで」

「うむ。そうだ」

「あっしに出来ることがあれば、お手伝いさせてください」

「そのときには頼もう」

「へい」

剣一郎は外に出て編笠をかぶった。

蟬の声を聞きながら、剣一郎は吾妻《あずま》橋の袂《たもと》から駒形《こまがた》のほうに足を向けた。水売りがやってきて、通りがかりの者が誘われたように寄って行く。

強い陽射しだが、盛夏のときの焼け付くような勢いは少し失われているようだ。この暑さもあとしばらくの辛抱だ。

蔵前《くらまえ》から浅草《あさくさ》御門を抜け、剣一郎は日本橋本石町にある『伊丹屋』に到着し、店の土間に入った。

五

庭から風が入り込んでくる客間で、剣一郎は『伊丹屋』の主人の柿右衛門と差し向かいになった。十年前に殺された柿右衛門の弟だ。四十近い、丸顔の穏やかな雰囲気の男だ。

「先代の柿右衛門が殺されてから今年の十一月で丸十年になる。下手人を挙げることが出来ぬまま今日に至ってしまった」

剣一郎は切りだした。

「早いものでございます」

柿右衛門は微かに目を伏せた。

「今もどこかで下手人は大手を振ってお天道さまの下を歩いているかもしれぬ。

このままでいいはずはない。今回、改めて事件を調べ直すことになった。そこで、いろいろ訊ねたいのだ」

「そうですか」

柿右衛門は驚いたように目を見張り、

「また私のことが根掘り葉掘り調べられて、いろんなことが蒸し返されるのでしょうね」

と、警戒するように言った。

「実の兄を殺した下手人を挙げるより、自分があれこれ調べられることのほうが迷惑か」

剣一郎は鋭くきく。

「そうではございませんが、当時は同心の柏木さまと源吉という日明かしのひとからきつく問い詰められました。まるで、私が事件の黒幕と言わんばかりの態度でした」

柿右衛門はおとなしそうな顔を歪めた。

「そうか。それはすまなかった」

剣一郎は詫《わ》びた。

「いえ、青柳さまにお謝りいただくことではありません。それに、私には疑われても仕方のないところもありましたから」

柿右衛門は自嘲ぎみに言う。

「同心の肩を持つわけではないが、事件が起これば、誰が一番利益を受けるかを考えるのは常道だ。先代が殺されて、そなたが一番得をしたと傍目には思えたのではないか」

「はい。仰るとおりでございます。家内のおさわと私はもともと好き合った同士でしたが、父が私からおさわを取り上げたのは間違いありません。父や叔父は『伊丹屋』を守ることが第一という考えでした。おさわも紙問屋の娘で、商才もあり、『伊丹屋』の嫁としては打って付けだとして強引に兄の嫁にしたのです。私は兄のため、『伊丹屋』のためと思い、おさわを諦めました。それに、私は奉公に出され、一介の奉公人に過ぎませんでした。それが、兄の突然の不幸で降って湧いたようにこのようなことになりました。他人からしたら、私が兄殺しを企《たくら》んだと思うのも致し方ないことかもしれません。あのとき、兄のあとを継ぐという話を断わっていたら、疑われずに済んだのですが」

「『伊丹屋』を守っていくのはそなたしかいなかったということだ」

「おさわと夫婦になったことが疑いを招いたこともありましょう」

柿右衛門はしんみり続けた。

「じつは兄とおさわはうまくいっていなかったのです。だから、兄は外に女を作ったのです。女遊びが激しかったのもおさわへの不満のせいだと思います。ただ、縫い子をしていたお千代を妾にするのはいかがなものかとは思いました」

「お千代を妾にしたことはおさわも知っていたのか」

「はい。兄はおさわにもはっきり言っていたようです。おまえとは形だけの夫婦だからと」

「なぜ、先代の柿右衛門はおさわを離縁しなかったのだ？」

「父と叔父の目があったからです。おさわを嫁として選んだのはこのふたりですからね。それに、おさわは内儀としての力量も優れていましたから」

「そなたは、先代に隠れてこっそりおさわと会ったりしていたのか」

「いえ。それはありません。私は兄に嫁ぐと決まってからはおさわとは縁を切りました。何年かぶりでおさわと会ったのは兄の通夜のときでした」

「そうか」

剣一郎は頷き、

「先代の妾のお千代と会ったことはあるのか」

「いえ、ありません」

「お千代という妾がいることは知っていたのか」

「兄から聞きました。年に何度か会うことがありましたので」

「そなたとおさわ、そしておさわと先代との関係を知っていた者はいたか」

「父と叔父だけです」

「たとえば、先代が誰かに喋ったことは考えられるか」

「さあ、どうでしょうか」

柿右衛門は首を傾げた。

「そなたは、何者の仕業だと思っているのか」

「兄は傲岸《ごうがん》なところがありましたし、兄を恨んでいる者はいたかもしれません。でも、殺したいほど憎んでいるかというと疑問です。そう考えると押込みの仕業かと思いますが、柏木さまによると猫間の半蔵の仕業だということでした。何者かが半蔵を使って兄を殺させたと。まあ、そのときは柏木さまは私を疑っていたのですが」

柿右衛門は苦笑し、

「確かに冷静に考えると、私が一番怪しいと言わざるを得ませんが」

「いくら疑わしいからといって、証もないのに下手人と決め付けるような言動は許されぬことだ。しかし、そなたの疑いは晴れたのではないのか」

「いいえ、猫間の半蔵が死んだので、私とのつながりを見つけだすことが出来ないと諦めたのではないでしょうか」

「先代と親しかった男を知っているか」

「はい。兄の竹馬の友というべき親友がおりました」

「誰だ？」

「この並びにある足袋《たび》問屋『大原屋《おおはらや》』の幸兵衛《こうべえ》さんです」

「『大原屋』の幸兵衛だな」

「はい」

「わかった。邪魔をした」

剣一郎は立ち上がった。

「十年前に明らかに出来なかったことが今になって叶うでしょうか」

柿右衛門も立ち上がってきいた。

「十年経ったからこそわかることもある」

廊下に出たとき、内庭の向こうの部屋に八歳くらいの子どもがいた。

「あの子は？」

「倅です」

「そうか。跡取りか」

「はい」

子どもが気づいて頭を下げた。

「賢《かしこ》そうな子だ」

「ありがとうございます」

剣一郎は『伊丹屋』をあとにした。


足の形をした屋根看板が目立つ足袋問屋『大原屋』の土間に入った。

店座敷に主人の幸兵衛がいて、すぐに剣一郎を客間に通した。

「先代の柿右衛門さんとは幼なじみでした。亡くなって十年ですか」

幸兵衛はしみじみ言う。

「下手人が挙がらず仕舞《じま》いだった」

「さぞかし、柿右衛門は無念だったでしょう」

幸兵衛は細い目をさらに細めた。

「子どもはいなかったのだな」

「欲しがっていましたが、出来ませんでしたね」

「柿右衛門が殺された理由に思い当たることはないか」

「ありません。確かに、柿右衛門は傲岸でしたが、決して冷たい男ではありません。ですから、嫌われていたかもしれませんが、殺したいと思うほど恨んでいる者がいたとは思えません」

「当時、弟の柿次郎が疑われたようだが」

「それも考えられません。あの兄弟は仲がよかったですからね」

「内儀のおさわは柿次郎と親しかったそうではないか」

「先々代の親父さんが、柿次郎からおさわを取り上げて、柿右衛門といっしょにさせたのです。柿次郎は兄のため、『伊丹屋』のためと自分に言い聞かせ、おさわを諦めたそうです。それに、おさわも『伊丹屋』の内儀になったほうが仕合わせだと」

「なるほど。そなたは柿次郎とおさわとの関係を知っていたのだな」

「だから、十年前に、同心の旦那が私に聞き込みに来てくれたら、柿次郎を疑うのは間違いだと訴えられたのですが」

「同心はそなたからは話を聞いていないのか」

「ええ、来ませんでした。柿次郎が殺し屋を雇ったと決め付けていたんでしょうね。でも、半蔵という男が死んで、探索は行き詰まった。それで、柿次郎は捕まらなかっただけでしょう」

「柿右衛門とおさわの仲はどうだったのだ?」

「不満をもらしていました。柿次郎のことが忘れられないようだと言ってました」

「なぜ、離縁しようとしなかったのだ?」

「父親と叔父の手前、それは出来なかったようです。それに、店の切り盛りには内儀は欠かせないと言ってましたから、柿右衛門は割り切っていました」

「外に女を作るということか」

「そうです」

「そなたは妾のお千代のことを知っているか」

「ええ。会ったことはありませんが、柿右衛門から聞いていました」

「ふたりの仲は?」

「柿右衛門はのろけていました」

「お千代には好きな男がいたという話だったが、きいているか」

「ええ」

「強引に奪ったようではないか。父親が柿次郎からおさわを取り上げたように」

「ええ、私も話を聞いたときは、ちと強引ではないかと思いました。もし、柿右衛門を恨んでいるとしたら、お千代の親しい男しか考えられません」

「その男が殺し屋を雇ったと？」

「はい。ただ、その男だったらお千代まで殺す必要はありません。それに、棒手振りだそうですから、殺し屋を雇う金があったかどうか。もし、その男がふたりを殺すにしても、殺し屋など頼まず、自分でやったのではないかと思いますが」

「なるほど」

幸兵衛も今の柿右衛門と同じように下手人の心当たりはないようだった。

剣一郎は礼を言い、引き上げた。

本石町から神田多町に向かった。お千代と佐吉が隣同士で住んでいた長屋だ。長屋木戸を入り、井戸端で野菜を洗っていた女に声をかける。

「ちょっと訊ねたい」

「はい」

振り向いた女は驚いたように立ち上がった。

「もしかして、青柳さま」

剣一郎の左頰の青痣はあまねく知れ渡っていた。

「うむ。この長屋に長いのか」

「はい。十年になります」

「十年か。では、お千代という女子のことは知らないな」

「ええ、知りません」

「佐吉は知っているか」

「ええ、覚えています。もう、五年前に引っ越して行きましたけど」

「どんな男だった？」

「若いのに働かず、昼間から酒を呑んでいて……」

女は顔をしかめた。

「野菜の棒手振りをしていたのではないのか」

「私が引っ越してきたときは何もしていませんでした。夜になると出かけて」

「夜に出かける？」

「大家さんの話では博打だそうです」

「大家の家はそこか」

剣一郎が木戸の脇の家に目をやったとき、裏口から五十絡みの男が出てきた。

「大家さん」

女が声をかけた。

「これは青柳さまで。お姿をお見掛けして出てまいりました」

「ちょうどよかった。五年前までここに住んでいた佐吉のことで来た」

「佐吉が何か」

「いや。十年前、世話になっている旦那といっしょに殺されたお千代のことできたいだけだ」

「そうでございますか。あいつも思えば可哀そうな奴です。真面目で働き者でしたが、お千代が『伊丹屋』の旦那の世話になってから、すっかり自棄《やけ》になっちまって。棒手振りを辞め、酒びたりで、賭場に出入りするようになりました」

大家は表情を曇らせた。

「お千代が殺されたときはどんな様子だった？」

「少し塞《ふさ》ぎ込んでいるようでしたが、当座だけで、あとは相変わらず酒と博打に明け暮れていました」

「同心か岡っ引きが佐吉のところに来たと思うが？」

「はい。花川戸の源吉親分がよく訪ねてきていました。俺がお千代を殺すはずねえと、佐吉は訴えていました」

「そうか」

剣一郎はふと気になって、

「棒手振りを辞めて、佐吉は何で生計を立てていたのだ？」

と、きいた。

「わかりません。家賃はちゃんと払ってましたから、僅《わず》かでも実入りはあったはずです。本人は博打で稼いでいるようなことを言ってましたが……」

大家は語尾を濁した。

「何だ？」

「はい。何かよからぬことをしているのではないかと問い質《ただ》したことがあります。そしたら、大家さんに迷惑がかかるようなことはしていないと。つまり、お縄になるようなことはしていないということです」

「博打以外の何かで金を稼いでいたのだな」

「そうです」

「それが何かわかるか」

「本人が何も言わなかったので」

「大家さん」

　黙って聞いていた女が口をはさんだ。

「なんだね」

「あの頃、野良猫がいなくなったじゃありませんか」

「ああ、そうだ。そのためにネズミが出るようになった」

「ええ。猫取りが猫を連れて行ったんでしょうけど、佐吉さんも猫をつかまえていましたよ」

「佐吉が猫を？」

　大家が首を傾げた。

「ええ、佐吉は猫取りの手伝いをしているんじゃないかと、うちのひとが言ってました」

「猫取りだと？」

剣一郎はきいた。

「ええ。たぶん、金になることならなんでもやっているんじゃないかって、うちのひとが」

「そうかもしれぬな」

大家が頷く。

「佐吉は今、どこにいるのかわかるか」

「いえ、引っ越し先を言わずに出て行きました」

その他、幾つかきいたが、特に手掛かりになるような話はなかった。

最後に、佐吉の人相、特徴などをきいて、剣一郎は長屋木戸を出た。

第二章　猫の蚤《のみ》取り

一

朝晩は涼しくなったが、日中は残暑が厳しい。太助は本郷菊坂台から菊坂町へと入って行った。

小間物屋の『吉野屋《よしのや》』の店の脇にある格子戸を開け、

「ごめんください」

と、太助は奥に声をかけた。

女中が出てきた。

「猫の蚤《のみ》取りの太助でございます。内儀さんはいらっしゃいますか」

「お待ちください」

女中が奥に引っ込むと、しばらくして小肥りの内儀がやってきた。

「太助さん。まだ、蚤取りはだいじょうぶだよ」

内儀は上がり口までやって来て言う。

「へえ、近くまで来たもので、ちょっとご挨拶を」

太助はすぐに、

「つかぬことをお伺いいたしますが、こちらは空き巣に入られませんでしたか」

と、確かめた。

「空き巣？」

「へえ、この辺で何軒か空き巣に入られたと聞きましたもので。被害に遭《あ》っていなければよございました。今後もお気をつけなさってください」

「待って」

引き上げようとして、呼び止められた。

「へえ、なんでしょうか」

「おまえさんの仲間は何人ぐらいいるんだね」

「仲間？」

「猫の蚤取りをするひとだよ」

「さあ、何人ぐらいいるかわかりません。あんまり稼ぎにはなりませんから、この商売をやってても長続きしないひとが多いようですね」

「そうなのかえ」

「やろうと思えば、自分でも出来ますからね」

「そんなものかね」

「へえ、ですからあっしは猫探しも請け負っています。それより、内儀さん。猫の蚤取りがどうかしたんですかえ」

「この前、やってきたからね」

「猫の蚤取りがですか」

「そうだよ。戸を開けて入ってきて、猫の蚤取りの御用はないかと」

「どんな男ですかね」

「三十二、三の中肉中背の四角い顔で額の広い男だったね」

「で、どうしたんです？」

「別のひとにやってもらったから結構だと言ったらすぐ引き上げようとしたけど、変なことをきいていたね」

「変なことってなんですね」

「お宅の猫はネズミをとるかと」

「ネズミ？」

「あんまりとらないと言ったら、黙って出て行ったのさ。あの男はほんとうに猫の蚤取りだったのかしら。今の空き巣の話を聞いて、その男のことを思いだしたのさ」

「そうですか」

太助は首をひねった。なんのために、ネズミをとる猫かときいたのか。

「内儀さんのところはネズミは出るんですかえ」

「近所に一膳飯屋や煮売屋さんがあるせいかときどき出るわね。だから石見《いわみ》銀山を買っているけど」

「そうですか。じゃあ、失礼します」

太助は外に出た。

やはり、空き巣は猫の蚤取りの格好をして家々の様子を窺《うかが》って忍び込んでいるようだった。

もう一軒、猫を飼っている家に寄ってみようと歩いていると、前方から岡っ引きが歩いて来るのに出会った。額が広く、顎が尖っている。本郷三丁目の格造だ。

向こうも気がついて近寄ってきた。

「猫の蚤取りの太助だな」

「へえ。どうも、先日は」

　太助は頭を下げた。

「おめえが青痣与力の手先とは知らなかったぜ」

「へえ」

「ここで商売か」

「空き巣が気になりましてね。親分さんが仰るように、猫の蚤取りをしながら狙う家を物色しているんだとしたら許せねえと思いまして」

「猫の蚤取りばかりじゃねえ。空き巣に入られた家では数日前に紙屑買いを呼んでいたところもあった」

「どんな男ですね」

「中肉中背の四角い顔の額の広い男だそうだ」

「猫の蚤取りの男と特徴が同じです」

「実際に空き巣を働いたかどうかはまだわからねえが、その男を探しているところだ」

「ええ。いずれにしろ、事前に家の様子を探ってから忍び込んでいるようです。

その特徴の男を、あっしも探してみます」

「青柳さまの命令か」

「違います。あっしの問題です。猫の蚤取りの仕事を空き巣狙いに利用されたのでは許しちゃおけません」

「そうか。じゃあ、その男を見つけたら俺に知らせるんだ。かってにひとりで片をつけようと思うな」

「わかりました」

「俺の家は本郷三丁目の『福屋《ふくや》』という呑み屋だ」

「わかりました」

「それから空き巣の被害に遭った家は牛込から小石川、本郷へと移ってきた。今は湯島《ゆしま》近辺だ。湯島で二軒の空き巣被害があった」

「猫は飼っていたんですね」

「飼っていた。だが、猫の蚤取りは呼んでない」

「もしかしたら、石見銀山の薬売りにも扮《ふん》しているかもしれませんぜ」

「ネズミか」

「ええ、その可能性もあります」

「よし、さっそく確かめてみよう」

格造は本郷通りを湯島に向かった。

太助は迷った。格造のあとを追うか、それとも次を見据えるか。

太助は次を選んだ。湯島の次はどこか。神田佐久間町《さくまちょう》方面に見当をつけ、太助は向かった。

佐久間町にやってきて、町中を歩きまわった。猫の蚤取り、石見銀山の薬売り、紙屑買いなどの姿はなかった。

残暑が厳しい。神田川の傍の木陰に休んだ。少し先に和泉橋《いずみばし》が見える。笠をかぶった行商人が渡って行くのが見えた。

腰の竹筒をとり、口に持っていく。喉を潤《うるお》していると、

「暑いな」

と、声をかけてきた男がいた。

弁慶縞《べんけいじま》の単衣《ひとえ》に博多《はかた》帯。細身の三十過ぎと思える男だ。切れ長の目に細くて高い鼻。引き締まった口元だが、どこか荒《すさ》んだ雰囲気が漂《ただよ》っている。

男は近くの木陰に腰を下ろした。手ぶらだった。

「おまえさん、猫の蚤取り屋か」

「へえ、どうしてわかりました？」

　太助は横を向いてきいた。

「その頭陀袋《ずだぶくろ》から覗いているのは毛皮だろう。この暑いのに毛皮なんか持っているのはあまりいない」

　猫の蚤取りは猫を湯浴《あ》みさせ、毛皮でくるんで蚤を毛皮に移してとるのだ。だが、毛皮を持っているからといって、猫の蚤取りだとわかるとは思えない。この男は猫の蚤取りのことを知っているようだ。

　わざわざ声をかけてきたのも不自然だ。油断ならぬと、太助は警戒した。

「でも、毛皮を見ただけでよく猫の蚤取りだとわかりましたね」

「以前に猫の蚤取りを見たことがあった」

「そうですか」

「名は？」

「太助です。あなたは？」

「俺は倉吉《くらきち》だ」

　倉吉は和泉橋のほうを見ながら言う。

「倉吉さんはなにをやられているのですか」

「まあ、いろいろだ」

「いろいろ？」

「金になることならなんでもやるってことだ」

倉吉はまた和泉橋を見た。太助もつられてそのほうに目をやる。和泉橋を笠をかぶった男が渡ってきた。中肉中背だ。風呂敷包を提げている。同業の者のような気がした。

「邪魔したな」

いきなり倉吉は立ち上がった。

太助は倉吉を目で追う。

和泉橋を渡ったところで笠の男が立ちどまった。倉吉が近づく。ふたりは一言三言口をきいてから御徒町《おかちまち》のほうに行った。

太助は笠の男が気になった。顔を確かめたいと思い、太助は立ち上がってふたりのあとをつけた。

男は藤堂和泉守《とうどういずみのかみ》の屋敷の前を通って向柳原《むこうやなぎわら》に出て、三味線堀《しゃみせんぼり》のほうに折れた。倉吉に気づかれたらとぼけるまでだと覚悟を決めて、太助も三味線堀のほうに曲がった。

三味線堀を過ぎてまた曲がり、下谷七軒町《したやしちけんちょう》を経て浅草阿部川町《あべかわちょう》にやってきた。ふたりは小商いの店が並ぶ通りを歩いていたが、ふいに足を止めた。太助はあわてて路地に身を隠した。

笠の男が歩きだした。だが、倉吉は立ちどまって男を見送っている。男のあとをつけたかったが、倉吉の脇をすり抜けて行くわけにはいかなかった。

まさか、倉吉はこっちに気づいていてわざと佇《たたず》んでいるのかと思ったが、やがて倉吉は長屋木戸に入って行った。

すでに笠の男の姿は視界から消えていたが、太助は急いで男を追った。新堀川《しんぼりがわ》に出た。すると、菊屋橋《きくやばし》を渡って行く笠の男が見えた。

太助は走った。菊屋橋を渡る。男は東本願寺《ひがしほんがんじ》前を過ぎ、田原町《たわらまち》に入って行った。

男は『村田庵《むらたあん》』というそば屋の暖簾《のれん》をくぐった。

太助は間を置いて、そば屋の戸口に立った。暖簾をそっと掻き分け、店の中を見る。小上がりに男の背中が見えた。

太助は舌打ちをした。店に入って顔を見てやろうかと思ったとき、男が振り向いた。太助と目が合った。

額の広い、四角い顔だ。

格造が言っていた男だ。もっとも、そうだとしても、空き巣をしているかどうかはわからない。

男は何事もなかったかのように顔を戻して、運ばれてきた酒を呑みはじめた。何も気づかなかったのか。

太助は戸口を離れ、数軒先にある八百屋の脇に立った。ともかく、男の住まいを突き止めたい。太助はそば屋の戸口を見ていた。

四半刻（三十分）経った。まだ、男は出てこない。太助はそば屋に近寄った。そして、暖簾越しに店の中を見た。

あっと声を上げた。男がいない。座っていた場所もきれいに片づけられている。太助は中に入った。

小女に声をかけた。

「ここにいた客は？」

「さっき裏からお帰りになりました」

「裏から？」

「ええ、外に会いたくない男がいるからって」

小女は太助を非難するような目で見た。

「あの男はよく来るのか」

「いえ、はじめてです」

「………」

太助は絶句した。尾行に気づいていたのだ。

そば屋を飛び出した。

太助は来た道を戻った。東本願寺前を過ぎて菊屋橋を渡り、すぐ左に折れて新堀川に沿って進み、阿部川町に入った。

倉吉が佇んでいた長屋の木戸を入った。路地を奥に向かう。ちょうど腰高障子を開けて出てきた女に、

「倉吉さんのお住まいはどちらでしょうか」

と、きいた。

「倉吉さん？　そんなひといませんけど」

「細身の三十過ぎの男です。切れ長の目に細くて高い鼻。引き締まった口元……」

女が首を横に振った。

「そんなはずはない。さっき、ここに入って行ったんです」

「じゃあ、誰かを訪ねてきたんじゃないかしら」

路地の奥にある厠《かわや》から年寄りが出てきた。

「どうしたんだ?」

「倉吉というひとを訪ねてきたそうなんです」

女が説明する。

「細身の三十過ぎの男です。半刻（一時間）近く前にこの長屋に入って行ったはずなんです」

太助は年寄りに説明した。

「その男なら知っている」

「知っているんですか」

「いや、見ただけだ。その男は木戸を入ってきて、そのまま路地を突き抜けて、反対側から出て行った」

「…………」

太助は唖然《あぜん》とした。

「はじめて見る顔でしたか」

「ああ、知らねえ男だ」

年寄りは答えた。

やられたと、太助は地団駄を踏んだ。

「お騒がせしました」

挨拶をして、太助は長屋を出て行った。

尾行に気づかれた様子はなかった。ということは、最初からつけてくることを予期していたのだ。

倉吉は太助のことを知っていて近づいてきたのだ。太助は打ちのめされた思いで新堀川沿いを蔵前のほうに向かった。

太助は蔵前通りに出て、浅草御門に向かう。すると、後ろからつけてくる男がいた。

浅草橋の手前で左に折れる。すぐ左手に第六天《だいろくてん》神社がある。太助はすばやく鳥居をくぐった。

とば口で様子を窺っていると、やがて足音が聞こえてきた。

鳥居の前で止まった。倉吉だった。きょろきょろしている。太助は鳥居を出た。

「やあ、倉吉さん」

　太助が声をかけると、あっと倉吉は叫んだ。

二

　その夜、剣一郎の屋敷に植村京之進がやって来た。

「夜分に申し訳ありません」

「気にするな。何か」

「浜町堀のホトケのほんとうの名がわかりました。提《さ》げ重《じゅう》の清介《せいすけ》という男です。三之助と偽《いつわ》って名乗っていました」

「提げ重の清介？」

「はい。十年前まで、女房に体を売らせていた男だそうです。客は主に勤番者でしたが、ときたま商家の旦那を相手に、空き家などで客をとっていたようです」

「十年前までとは？」

「じつは十年前に、客の男ともめて相手を半殺しにして、女房といっしょに江戸から逃亡し、それきり行方がわからなくなっていたそうです」

「行方がわからなかった男が十年経って死体となって見つかったというのか」

「はい。おそらく、最近になって江戸に舞い戻ってきたのではないでしょうか。中間部屋にもぐり込んで、ときたまどこぞに外出していました。どこへ、何しに行っていたのか、まだわかりません」

「なぜ、ホトケが清介だとわかったのだ？」

「清介の兄貴分の喜久三《きくぞう》という男が訴えてきたのです。上州から帰ってきたとき、清介は五條天神《ごじょうてんじん》裏にある喜久三の女郎屋に顔を出したそうです。そのときは挨拶だけで、改めて会う約束をして別れたあと、約束の日に清介は現われなかった。殺しがあったと聞いて、ひょっとしたらと思って私のところに」

「喜久三は詳しい話は聞いていないのだな」

「ええ、その前に殺されたということです」

「あの夜、清介は浜町堀付近で侍に襲われた。その心当たりは、喜久三にはないのだな」

「まったくないようです。十年前、女房といっしょに江戸を離れると告げて、それきり十年間何の音沙汰もなかったようです。それがふいに現われたので驚いていました」

「十年間、上州にいたのか。女房はどうした」

「清介はひとりでした。喜久三が女房のことをきいても何も答えなかったそうです」

「女房は上州にいるのか、それとも何らかの事情があって、女房と別れ、ひとりになったから江戸に戻ったか」

剣一郎は首をひねり、

「いずれにしろ、十年前の何かが関わっていそうだ」

「はい」

「清介は十年前のいつからいなくなったのだ?」

剣一郎は念のためにきいた。

「十二月朔日《ついたち》だそうです」

「十二月朔日?」

「はい」

「今戸の殺しは十一月晦日だ」

剣一郎は脳裏で何かが弾《はじ》けたようになった。

「考えすぎかもしれぬが、今戸の事件に清介が絡んでいないか確かめたい。喜久三に会わせてくれるか」

「わかりました。明日、ご案内いたします」

そう言い、京之進が引き上げた。

「太助か」

庭にひとの気配がして、剣一郎は庭に目をやった。

庭先に太助が立っていた。

「上がれ」

「いえ、もう遅いのでここで。涼しい風が吹いて気持ちいいですし」

「そうだな」

剣一郎は立ち上がって濡縁《ぬれえん》に出た。

「ようやく秋の気配を感じるようになった」

そう言ったあと、剣一郎はふと気づいた。

「どうした。何か屈託《くったく》がありそうだが」

「じつは空き巣の男を見つけました」

太助は倉吉という男に声をかけられてからのことを説明し、

「今度は反対につけられたので、浅草橋の手前で相手の前に顔を出してやったのです。倉吉でした。倉吉は出し抜いたつもりでいたのでびっくりしていました」

と言ったあとで、

「それで、倉吉を問いつめました。そしたら、あっさり空き巣を認めました」

「認めた？」

「へえ、もうひとりの仲間が猫の蚤取りで依頼を受けた家に入り込み、金が置いてありそうな部屋を探り、その翌日や翌々日に倉吉が空き巣を働いていたそうです。ただ……」

太助は息を継いで、

「ただ、ネズミを獲るのがうまそうな猫は、あとで連れ去るようなことをしていたようなんです」

「その猫をどうするのだ？」

「高値で引き取る者がいるそうです。その者は誰かに売るんでしょう」

「そうか。それにしても、やけにあっさり喋ったな」

「じつはあっしは青痣与力の手先だと言ったら、ほんとうかと驚いていました」

「太助のことに気づいていたのか」

「あっしが本郷から小石川にかけて調べているのを見つけたそうです。岡っ引きの手下かもしれないと思い、正体をつかむためにあっしに近づいたってことです。まさか、青痣与力の手先だったとは想像していなかったと」

「で、どうするんだ？　格造親分に告げるのか」

「いえ」

　太助は首を横に振った。

「それが倉吉はもう空き巣はやらないと約束したんです。嘘をついているようには思えませんでした」

「ほう、肩を持つのだな」

「そんな悪い男には思えないんです。だから、空き巣をやめるならお縄にするのは可哀そうな気がして。でも、今度やったら、とっつかまえます」

　太助は意気込んだ。

「しかし、倉吉が空き巣をやめても、相棒の男は続けるかもしれない」

「あの男にもやめさせると言ってました。以前から、相棒もこんな稼業はやめたいと口にしていたそうです。だから、きっと俺の言うことを聞いてくれるはずだと自信たっぷりでした」

「そうか。で、倉吉の住まいは聞いたのか」

「はい。ほんとうに空き巣をやめるなら、住まいを教えてもらいたいと言ったら、素直に教えてくれました。池之端仲町《いけのはたなかちよう》の勘兵衛店《かんべえだな》だそうです。ただし、もうひとりの男の名前と住まいは教えてくれませんでした。本人の許しを得てから教えると」

「うむ」

剣一郎は何か釈然としなかった。

「何か」

太助が不安そうにきく。

「空き巣をやめようと思ったきっかけがよくわからぬ。そなたに目をつけられたからか」

「前々からやめようとしていたところに、格造親分やあっしの動きを知り、このままでは危ないと思ったのではないでしょうか」

「いずれにしろ、注意は怠《おこた》らぬほうがいい」

「はい」

太助が答えたとき、多恵がやって来た。

「太助さん。来ていたの」

「はい」

「夕餉は？」

「食べました」

「ほんとうに？」

多恵が訝しげにきいた。

「太助。また腹の虫が鳴ったぞ」

剣一郎が言うと、太助はあわてて腹を押さえた。

「嘘だ。まだ食べてないのだろう」

「でも、遅いですから」

「いいから、食べてこい」

「すみません」

太助は台所にまわり、多恵も部屋を出て行った。

剣一郎はひとりになり、一連の事件について考えた。倉吉の態度も気になったが、それより殺された清介のことだ。十年前、清介に何があったのか。剣一郎は今戸の事件との関わりが気になっていた。

翌日、剣一郎は京之進とともに、五条天神裏にある女郎屋に赴き、亭主の喜久三と会った。

喜久三は四十過ぎの顔色の悪い男だった。

「浜町堀で殺された男は清介という男だそうだな」

剣一郎は切りだした。

「はい。さようで。清介は私の親方の伜《せがれ》なんです。親方が亡くなったあと、私は清介の面倒を見てきました。それで、うちで働いていたんですが、おみつという女郎とくっつきやがった。泣いて頼むので、恩ある親方の伜ですから、やむなくおみつとの仲を許したんです。おみつは器量はいいし、客もついていたので、こっちとしちゃ痛手です」

喜久三はいまいましげに、

「ふたりは所帯をもち、清介も新たに商売をはじめるということでした。ところが、おみつは春をひさぐようになっていたんです。清介を問いつめたら、商売をやる元手を稼ぐためだと。それは口実で、清介は博打好きでしたから、負けが込んで金が必要だったのかもしれません。ほんとうなら、おみつを帰してもらうところですが、やはり親方のことがあるので、こっちが涙を呑みました」

「自分の女房に春を売らせていたとは」

剣一郎は呆《あき》れるように言い、

「おみつがほんとうに好きでいっしょになったのか。清介はおみつを金儲《もう》けの道具としか考えていないようではないか」

と、不快な顔をした。

「確かに清介は金のためなら平気でひとを裏切るようなところがありましたが……」

「江戸を離れることになった事情を教えてもらおう」

「あれは十二月朔日の凍《い》てつくような寒い明け方でした。旅装の清介がやってきて、客のやくざ者ともめて相手を半殺しにした。仲間の仕返しが怖いので、女房と江戸を離れると告げたんです。詳しいことは話さないまま、慌ただしくここを出て行きました」

「もめた相手はわかっているのか」

「いえ。わかりません」

「清介は向こう気が強いのか」

「ええ、かなり。腕っぷしも強く、あの頃はいつも匕首を懐に呑んでいました」

「匕首を……」

「はい」

「それから最近まで姿を消していたのだな」

「はい。十年ぶりに江戸に舞い戻ってきました。顔を見たときはびっくりしました」

「なぜ、帰ってきたのか言ったか」

「いえ。詳しいことはあとで話すと言い、また来るという約束の日に現われませんでした。やがて、浜町堀で男が殺されたと聞いてもしやと思いまして」

「江戸に戻った清介は大名屋敷の中間部屋に寝泊まりしていた。なぜ、ここで厄《やっ》介《かい》になろうと思わなかったのだ？」

「まあ、不義理を働いていますから敷居が高かったのでしょう。また、私にいろいろ問われるのもいやだったのかもしれません」

「清介は誰かと会っていたようだ。おそらく、その者と会うために江戸に舞い戻ったのではないかと思う。その人物に心当たりはないか」

「いえ、いっこうに」

喜久三は首を横に振った。

「猫間の半蔵という男を知っているか」

「猫間の半蔵？」

「背中に猫の妖怪の猫又の彫り物がある男だ。猫又の根付を持っていた」

「待ってくださいよ」

喜久三は顎に手をやって考えていたが、

「確か、おみつの客にそんな彫り物の男がいたようです」

と、思い出して言った。

「おみつの客か」

「おみつが清介といっしょになってからはここへは来なくなりました」

「提げ重の清介の客になったかもしれぬな」

半蔵と清介のつながりを見つけ、剣一郎は清介が今戸の事件に絡んでいる可能性があると思った。

「清介とおみつはどこに住んでいたのだ？」

「浅草聖天町《しょうでんちょう》です」

今戸に近い。ますます、清介と今戸の事件が関係していると思えてきた。

「よくわかった。邪魔をした」

剣一郎は礼を言って立ち上がった。

外に出てから、

「清介は十年前の今戸の事件に関わっているかもしれない」

と、剣一郎は京之進に話した。

「今戸の事件が十年前の十一月晦日。翌日の朝に、清介は喜久三に挨拶をして江戸を離れている」

「すると、清介が今回江戸に舞い戻ったのは、ほとぼりが冷めたからでしょうか」

「いや、今戸の事件では清介は疑われていない。猫間の半蔵という男に罪をなすりつけたから、清介は疑いから逃れられたと考えられる」

剣一郎は想像を口にして、

「清介が会っていた人物が気になる。そなたは臨時廻り柏木辰之助から十年前の事件を聞き、当時清介という男が探索《たんさく》にまったく引っ掛からなかったのかどうか調べてきてくれ。それと、猫間の半蔵が江戸を離れることになった深川の富岡八幡で博打打ちを殺した件について、当時の同心から詳しく聞き出してくるのだ」

「わかりました」

「わしは浅草聖天町に行ってみる」

剣一郎は京之進と分かれ、上野山下《うえのやました》から新寺町《しんてらまち》を経《へ》て、雷門《かみなりもん》前を通って浅草聖天町に向かった。


聖天町の手前の花川戸町に差しかかり、剣一郎は思いついて花川戸の源吉の家に寄った。

源吉は庭で草木に水をやっていた。

「青柳さま」

「邪魔をする」

「いえ。さあ、どうぞお上がりください」

「いや、すぐ失礼する。ききたいことがある」

「なんでございましょうか」

「十年前、聖天町に清介とおみつという夫婦者が住んでいたそうだが」

「ええ。提げ重の女ですね」

即座に返事があった。

「知っているか」

「はい、女房に体を売らせていた男ですね。でも、十年前に急にいなくなりましたが」

「なぜ、いなくなったかわかるか」

「借金取りから逃げるためだったと思います」

「借金のわけは？」

「博打ですよ。女房に稼《かせ》がせ、自分は博打っていう男でしたからね」

「客のやくざ者ともめて相手を半殺しにした。仲間の仕返しが怖いので、女房と江戸を離れたと、清介は親しい者に話していたようだが、そのような事件はあったか」

「いえ、聞いていません」

「清介が住んでいた長屋はどこだ？」

「これから行くんですかえ」

「清介とおみつを知っている者がいたら、話を聞いてみたい」

「じゃあ、ご案内いたします」

「いや、場所さえ教えてもらえばよい」

「いえ、近くですから」

源吉はいったん引っ込んで支度をした。

女房に断わって、源吉は外に出た。

「長屋の大家は五、六年前に来た男です。長くいるのはおすなという取上婆《とりあげばば》です」

道々、源吉は説明した。

「それより、清介がどうかしたのですか」

「殺された」

「えっ？」

「先日、浜町堀で斬られた。ひそかに江戸に舞い戻っていたのだ」

「おみつは？」

「清介ひとりだ」

「そうだったんですかえ」

源吉はため息混じりに言ったあと、あっと声を上げた。

「青柳さまは今戸の事件と関わりがあると……」

「まだそうだとは言い切れぬが、十分に考えられる。猫間の半蔵はおみつの客だったそうだ」

剣一郎は喜久三から聞いた話をした。

「当時、清介なんてまったく浮かんでいませんでした」

源吉は衝撃を受けたようだった。


聖天町に入り、待乳山《まっちやま》聖天《しょうでん》の前を過ぎて、長屋にやって来た。

木戸を入ったとば口の家の腰高障子を開けて、源吉は声をかける。

「おすなさん、いるか」

中に誰もいなかった。

「出かけているようです」

源吉は舌打ちし、

「どういたしましょうか。あとは古くからいるというと……」

と、言ったとき背後で声がした。

「あたしに用かえ」

五十絡みの女が戸口に立っていた。

「おすなさん、帰ってきたか」

源吉が声をかける。

「源吉親分じゃないか」

「いや、もう親分じゃねえ。忙しいようだな」

「今、元気のいい赤子を取り上げてきたところさ」

おすなは剣一郎を見て、

「青痣与力じゃ……」

と、声を呑んだ。

「そなたにききたいことがあるのだ」

剣一郎は口を開く。

「あたしにですか」

「まあ、座れ」

剣一郎は部屋に上げる。

おすなは上がり框の近くに腰を下ろした。

「十年前、この長屋に住んでいた清介とおみつ夫婦のことだ」

「あの夫婦ですか」

おすなは目を細めた。

「確か、隣に住んでいたな」

源吉が確かめる。

「そうです。隣でした」

「ふたりは十年前の十二月朔日に長屋を出て行ったようだが、出て行ったときのことを覚えているか」

剣一郎はきく。

「ええ。朝早く、出て行く前にここに顔を出し、よんどころない事情で江戸を離れることになったって挨拶をしていきました」

「どんな事情かきいたか」

「いえ、何も」

「挨拶に来たのは清介だけか。おみつはいっしょじゃなかったのか」

「おみつさんは前日のうちに板橋宿まで行っていると言ってました」

「前日のうちに？」

「はい」

「ふたりの様子はどうだった。仲はよかったのか」

「清介さんはおみつさんをこき使っていましたよ。体の調子が悪くても客をとらせていましたから」

「おみつと話したことはあるか」

「ええ。たまに」

「どんな様子だった？」

「いなくなる前あたりはかなり疲れているようでしたね。清介って男は鬼ですよ。女房にあんな真似をさせて、自分は博打ですからね」

「やはり、清介は博打好きだったのか」

「ええ。よんどころない事情って、きっと博打で負けて借金をこしらえたんですよ。それで夜逃げを」

「清介がいなくなったあと、借金取りが清介を探し回っていたのか」

「いいえ。それはなかったですね」

「妙だな。借金の取り立てから逃げていたのだとしたら、借金取りが清介を探し回っていそうなものだが」

「そう言われればそうですね」

「猫間の半蔵という男を知っているか」

「いえ、知りません」

「清介とおみつのことで他に何か気づいたことはあるか」

「特には……。ただ」

　おすなは首をひねった。

「何かあるのか」

「たいしたことではないんですが、いなくなる少し前、おみつさんが清介さんに何かを渡してたんです。そしたら、清介さんはにやつきながら、これで運が向いてくると話していたんです」

「何を渡したのかわからないか」

「根付だったかもしれません」

「根付？　どんな根付かわかるか」

「いえ、わかりません。ところで、清介さんが何かやったんですか」

　おすながきいた。

「そうじゃねえ。清介は先日、殺された」

「殺された……」

「邪魔をした」

　剣一郎と源吉は長屋を出た。

「青柳さま。清介のことを頭に入れて、十年前を思いだしてみます」

「うむ、特に猫間の半蔵とのつながりを調べてみてくれ」

「わかりました」

花川戸町で源吉と別れ、剣一郎は奉行所に戻った。

三

西陽が屋根の上から射している。けたたましくひぐらしが鳴きはじめた。夏の終わりを告げているようだ。

太助は池之端仲町の勘兵衛店の木戸をくぐった。奥の家の腰高障子の前に立った。障子には何も書いていない。

太助は不安になって戸に手をかけた。声をかけて、開ける。誰もいなかった。まだ、帰っていないようだ。

暇を潰《つぶ》してから出直そうと、長屋を出て、不忍池《しのばずのいけ》に向かった。池の水が夕陽を照り返し、寛永寺《かんえいじ》の五重塔は明るく輝いていた。

池の縁《ふち》に立ったとき、背後に足音がした。

「太助さん」

声をかけられて振り返った。

「倉吉さん」

「帰って来たとき、後ろ姿を見かけたので追いかけてきた」

そう言い、倉吉は太助の横に立って池を見つめた。

「夕方になると、いくぶん暑さも和《やわ》らぐようになったな」

「ええ」

「あっしも太助さんを訪ねようと思っていたところだ。じつは今日、相棒に太助さんの話をし、もう悪事はやめようということで話がついた」

「ほんとうに？」

「ああ。青痣与力の手先に睨《にら》まれたら潮時だと観念したよ。だから、名を教えていいと」

「そうですか」

「相棒は勘蔵《かんぞう》といい、神田岩本町《いわもとちょう》に住んでいる」

「勘蔵さんですか」

太助は剣一郎から言われていることが頭にこびりついている。

空き巣をやめようと思ったきっかけがよくわからぬ、ということだった。注意は怠らぬほうがいいという。

「これから仕事はどうするんですか」

「勘蔵とふたりで何かの商売をはじめる。元手はなんとかなるんで」

「まさか、空き巣で得た金で？」

「違う、空き巣での稼ぎなんかたかが知れている。そんなものはすぐ散財してしまった」

「じゃあ、元手はどこから？」

「商売をやるなら元手を出してやると仰ってくれているお方がいるんだ」

倉吉はにやりとした。

「えっ、元手を出してくれる？」

「昔の知り合いなんだ。まっとうな生き方がしたいと言ったら、そう仰ってくれてね」

「そんなお方がいらっしゃるのですか」

太助は驚いたように言う。

「名前は言えねえが、ちゃんとしたお方だ」

「でも、どういうご関係なのですか」

「若い頃に、そのお方に裏切られたことがあったんだ。そのために、自暴自棄になった。勘蔵と知り合い、ふたりで手を組んでいろいろなことをやってきた。だが、今のような暮らしはしょせん虚《むな》しいだけだ。そんなとき、偶然にそのお方と再会した。あっしの今の様子を知って罪滅ぼしをしたいと仰ってくれたんだ」

「そうでしたか。それで、安心しました」

太助はほっとして、

「倉吉さんは苦しい思いをしてきたのですね」

「そうだ。一時は生きていくのも辛《つら》くて、何度首をくろうかと思ったかしれねえ。酒と博打にあけくれてね」

倉吉は表情を曇《くも》らせた。

「そのお方の好意を受ける気になったとき、太助さんに目をつけられていることが気になって、太助さんの正体を探る気になった」

「そうでしたか」

「青痣与力の手先と知ってびっくりした。青痣与力はあっしたちを見逃してくれるのか……」

「見逃すもなにも、倉吉さんたちが空き巣を働いていたというはっきりした証はありませんからね。ただ、今後も続けていたら、忍び込むところを待ち構えて捕まえることが出来たかもしれませんが」

「もう二度と、悪いことはしねえ。いや、もうする必要はないんだ」

　倉吉はにんまりした。

「勘蔵さんは元手を出してくれるお方のことを知っているんですか」

「いや、知らない」

「勘蔵さんはもともと何をしていたんです？」

「猫取りだ」

「猫取り？」

「野良猫を捕まえてなめし屋に持っていく。それからネズミを獲るのに長《た》けた猫をかっさらって高値で売りつける。そんなことをしていた。俺も、その手伝いをしていた。だが、いつしか空き巣をするようになったってわけだ」

「勘蔵さんはいつから猫取りをしているんですか」

「二十歳のときからと言っていたから十年以上はやっているな」

「十年ですか」

『三枡屋』のおそのの顔が脳裏を掠《かす》めた。

「勘蔵さんはあちこちから猫を取っているんでしょうね」

「江戸中をまわっているな」

「今戸も……」

まさか、勘蔵が『三枡屋』の猫のハナを攫《さら》っていったとは思えないが、猫取りの仲間の動きを知っているかもしれない。いや、十年も前のことだ。そのような些細《ささい》なことを覚えているとは思えない。

「どうした？」

考え込んだ太助を不審に思ったのか、倉吉がきいた。

「いえ、なんでも。でも、倉吉さんはどうしてあっしに自分の秘密まで明かしてくれたんですかえ。あっしが岡っ引きに知らせるとは思わなかったのですか」

「おまえさんがそんなことをする男には思えなかった」

倉吉は水際に近づいた。蓮《はす》の葉に止まっていたトンボが急に飛んでいった。それを目で追いながら、倉吉は続けた。

「じつはおまえさんに俺と同じ匂《にお》いを感じたんだ」

「同じ匂い？」

「雰囲気だ。おまえさん、親は？」

「おとっつあんはわからねえ。おっかさんも子どものときに死んで、あっしはひとりぼっちで……」

「そうだろう。昨日、神田川の辺《ほとり》で休んでいるおまえさんの背中に寂しそうな翳《かげ》を感じたんだ」

「以前はそうでしたが、今は違います」

「そうかもしれないが、孤独の翳は消えないものだ。俺もそうだからわかるんだ。俺も子どもの頃にふた親を亡くし、ひとりで生きてきた」

「そうですかえ」

「たった一度、孤独とさよなら出来そうなときがあったが……」

倉吉はしんみり言う。

「おっと、こんな話をするつもりじゃなかった」

倉吉はあわてて言い、

「じゃあ、俺はこれから行くところがあるんだ」

「ひょっとして、元手を出してくれるお方のところですか」

「まあ、そんなところだ」

倉吉は曖昧に言ってから、

「今度、じっくりおまえさんと酒を酌《く》み交《か》わしてえ」

「あっしも」

「よし、約束だ」

いったん長屋に戻ってから外出するという倉吉と別れ、太助は長谷川町の長屋に帰った。

部屋に上がり、太助は行灯《あんどん》に火を入れた。

そのとき、戸が開いて、羽織に尻端折りの男が入ってきた。

「格造親分」

「邪魔するぜ」

「どうぞ」

格造は手下を傍に立たせ、上がり框に腰を下ろすと煙草入れを取り出した。太助はすぐ煙草盆を差し出した。

煙管《きせる》に刻みを詰め、火を点《つ》けてから、

「じつは、ひと月前に神田相生町《あいおいちょう》でも空き巣に入られた家があった。その家の者が不審な男を見ていたことがわかったんだ」

と、切りだした。

「空き巣の顔も？」

「そうだ」

「どんな顔ですかえ」

太助は思わず身を乗り出した。

「細身の三十過ぎの男だ。切れ長の目に細くて高い鼻だったということだ」

「………」

倉吉に似ている。いや、倉吉に違いない。

「中肉中背の四角い顔の額の広い男とこの男が組んでいるに違いない」

太助は思わず息を呑んだ。

「どこに住んでいるのかわからねえが、八丁堀の旦那に頼んで人相書きを作ってもらうつもりだ」

「そうですかえ」

太助は呟《つぶや》くように答えてから、

「空き巣を見たのはひとりだけなんですか」

「今のところひとりだ。だが、人相書きを見せてまわれば、また新たな反応があるだろう」

格造は自信たっぷりに言う。

「そうですね」

太助は困惑した。

「どうした、浮かない顔だな」

「いえ。ただ、なんだか急に空き巣を見たってひとが現われたことに引っ掛かって……。そのひとの言うことは確かなんですか」

「確かだ。なにしろ、空き巣に入られた家の者だ」

「そこから被害の届けは出ていたんですかえ」

「被害の届け？」

格造は表情を曇らせた。

「どうなんですか」

「いや、出てない」

「それなら、親分がきいたからそんなことを言い出したんですね」

「じゃあ、その家の者が嘘をついていると言うのか」

「いえ、そうじゃありませんが、ひと月前、被害に遭ったときになんで訴えなかったのか、ちと不思議に思いましてね」

「…………」

「たとえば、空き巣を見たというひとは細身の三十過ぎの男ともめて、その腹いせにそんなことを言い出したんじゃないかと」

格造は煙管の雁首《がんくび》を灰吹《はいふき》に叩いて、

「おめえ、空き巣の肩を持つのか」

と、睨《にら》みつけた。

「そうじゃありませんぜ。ただ、親分は最初にあっしを疑ったじゃありませんか。だから、ここはもう少し慎重になったほうがよろしいんじゃないかと。すぐに人相書きを作って、もし違っていたら」

「…………」

格造は押し黙った。

癇癪《かんしゃく》を起こすかと覚悟していると、

「確かに。おめえの言うこともっともだ」

と、素直に認めた。

煙管を煙草入れに仕舞い、

「さすが、青柳さまの手先だけのことはある」

と言って、立ち上がった。

「邪魔をした」

「へい」

太助は引き上げて行く格造を見送ったあと、急に胸が重くなった。

倉吉が新しくやり直そうとしている矢先に思わぬ障害が現われた。おそらく、空き巣に入られた家の者の訴えは真実であろう。

やはり、倉吉は罪を免れないのか。いや、見逃そうとしていることがいけないのか。太助は胸が締めつけられていた。

四

翌朝、剣一郎は出仕して、すぐに宇野清左衛門のところに行った。

相変わらず清左衛門の出仕は早い。

「宇野さま、よろしいですか」

剣一郎は声をかける。

「青柳どのか」

清左衛門は振り返った。

「別間に行くか」

「いえ、ここで」

剣一郎は言ってから、

「どうやら、今戸の事件が十年経って動いたようです」

そう切り出し、浜町堀で殺された男が清介という者だったことから、猫間の半蔵とのつながりを説明した。

「当時清介は探索にはひっかかっていませんが、今戸の事件の翌日江戸を離れたのはあやしいと思います。半蔵とのつながりも無視できません。清介が半蔵に罪をなすりつけたのか、あるいはふたりが共犯なのか。いずれにしろ、柿右衛門とお千代を殺した動機がわかりません。陰で糸を引いている者がいたはずです」

「清介はその者に殺されたというわけか」

「その可能性もあります。清介殺しの下手人を捕まえることが十年前の事件の解決になるかもしれません」

「そうか。ほっとした。流石《さすが》に、十年前の事件の真相が明らかになるとは思えず案じていた。不謹慎だが、清介という男が殺されたことが糸口になったのだな」

「その通りでございます」

「長谷川どのに報告しておこう。どんな顔をするか見物だ。青柳どのの失敗を望んでいるような御仁《ごじん》だからな」

「それはいささか考えすぎだと」

「いや、そうとも言えぬ」

清左衛門は口元を歪《ゆが》めて言った。

「そこで相談なのですが、十年前の事件を受け持っていたのが当時定町廻り同心だった柏木辰之助です。下手人を挙げられず、悔しい思いをしたはずです。改めて、この探索に加わらせてはいかがでしょうか。私が解決するより、辰之助に任せた方がよろしいかと」

「そうよな」

清左衛門は厳しい顔になった。

「何か」

「じつは柏木は引退を申し出ているのだ」

「引退ですって」

剣一郎は耳を疑った。

「伜辰之進《たつのしん》に家督《かとく》を譲り、自分は隠居したいと」

「いったい、なぜ？」

「うむ。じつは柏木は……」

清左衛門は言いよどんだ。

「なんでしょうか」

「場所を移そう」

清左衛門が腰を上げたので、剣一郎も立ち上がった。

空いていた小部屋に入り、差し向かいになってから、清左衛門が口を開いた。

「じつは半年ほど前に、わしの家内に柏木の妻女が相談に来たことがあった。柏木が妾を囲っているという」

「妾ですか」

「妻女の訴えは、柏木と妾を別れさせてもらいたい。妾と別れないのなら、伜の辰之進に家督を譲るようにしてもらいたいということだった」

清左衛門は苦い顔をして、

「妻女の一方的な話ではほんとうのことはわからぬ。柏木を屋敷に呼んで問い質《ただ》した。すると、妾のことを認めた」

「そうですか」

「まず、妾と別れられないのかときいたら、それは出来ないと。それで妻女の言い分を伝えた。伜辰之進に家督を譲り、隠居して妾のところに移ってもらいたいと」

清左衛門は吐息を漏《も》らし、

「柏木はしばらく考えさせてくださいと答えた。その後、どのように話がついたのかわからぬが、妻女からも何も言ってこなかった。夫婦間の問題に口出しすることもないので、そのままにしていたら、やはり問題は解決していなかったようだ。柏木は妾とは別れられないとはっきり言った。子どもまでいるらしい」

「すると、家督を辰之進に譲り、自分は妾のところに移り住むつもりなのでしょうか」

「そのようだ。だいぶ前から夫婦間はうまくいっていないようだと聞いていたが、まさか妾がいたとは想像も出来なかった」

「柏木辰之助の気持ちは固まっているのでしょうか」

「そうだ」

「伜の辰之進は幾つでしょうか」

「十八だ。柏木の妻女も気持ちは伜に向かっている。柏木は女の虜《とりこ》になってしまったようだ」

清左衛門はやりきれないように言う。

「でも、妻女どのに辰之進がいてくれてよございました。一番傷ついたのは妻女どのでしょうから」

「うむ、あの妻女どのはなかなか気丈な女子だ。外に女を作るような亭主には何ら未練はないようだ」

「わかりました。私は柏木辰之助に十年前の雪辱《せつじょく》の機会を与えてやろうと思っただけですから」

剣一郎は清左衛門と別れ、与力詰所《つめしょ》に戻った。

風烈廻り同心の礒島源太郎と大信田新吾が町廻りに出かけるところだった。

「もう出かけるのか」

「はい。きょうは風があるようなので早めに」

「そうか。ご苦労。気をつけてな」

剣一郎はふたりを見送った。

見習い与力を通して、京之進が会いたいと言ってきた。

剣一郎は京之進と会った。

「柏木さまに確かめましたが、十年前の事件では清介という男は探索にまったく引っ掛からなかったそうです。あくまでも、猫間の半蔵だけだったということです」

「そうだろうな」

「猫間の半蔵が富岡八幡宮で博打打ちを殺した件ですが、賭場での金の貸し借りから喧嘩になったそうです。相手は岩五郎《いわごろう》という男で、兄弟分の話では岩五郎が貸した五両を半蔵はもらったものだと勝手に思い込んでいた。それで、岩五郎が怒って半蔵に殴り掛かり、取っ組み合いになって、気づいたとき、岩五郎が匕首《あいくち》で刺されていたということです。倉賀野宿で半蔵が殺されたのは岩五郎の兄弟分が仕返しをしたという噂もあったそうですが、兄弟分はわざわざ倉賀野まで追いかけて殺すほどではないと言っていました」

「清介はどうだ？」

「岩五郎の兄弟分は清介を知っていました。賭場で会ったことがあるそうです。

しかし、半蔵と岩五郎のもめ事には関わっていないようです」

「しかし、清介は半蔵が岩五郎を殺したことを知っていた可能性は高いな」

「はい。当然、耳にしていたはずです」

「浜町堀周辺の聞き込みで何かわかったことは？」

「殺される前、長谷川町の三光稲荷《さんこういなり》神社の前に清介らしい男が立っていたのを見廻りの木戸番が見てました。手ぶらで、誰かを待っているような感じだったそうです」

三光稲荷神社は太助の長屋の近くだ。猫稲荷ともいわれ、失せ猫祈願もしていて猫に関する願いごとに御利益があるという。

太助はいつでもお参り出来るように三光稲荷神社の近くに住んだのだ。

「どこで下手人と会ったのか。そのあとで、屋敷に戻る途中に襲われたということになるな。不審な侍を見た者は？」

「おりません。あちこちに鳶《とび》の者や町内の男たちが火の用心の見廻りで歩きまわっていたのに誰も見ていません。あの近辺に住んでいるのではないかと思い、今周辺に住んでいる侍を当たっています」

一通り報告したあと、京之進が声を落とし、

「柏木さまはどうかなさったのですか」

と、きいた。

「何か」

「はい。印象が違うんです。ぎらついたものがなく、目から輝きが消えているのです。柏木さまはもう俺の時代は終わったとぽつりと」

「そうか」

剣一郎は清左衛門から聞いたばかりのことを、まだ話すわけにはいかず、返答に窮《きゅう》していると、京之進は口にした。

「柏木さまはひょっとして引退をお考えなのでは？」

「そう言ったのか」

「いえ。なんとなくそう感じました。よけいなことを申し上げました。では、失礼いたします」

京之進が下がった。

剣一郎は辰之助に思いを馳《は》せた。辰之助は今の仕事に誇りを持っていた。ほんとうはもっと続けていたいのではないか。

しかし、夫婦の不和から隠居せざるを得ないのだ。自分の蒔《ま》いた種とはいえ、口惜しいであろう。

その夜、屋敷に柏木辰之助が訪れた。多恵に伴われ部屋に入ってきた辰之助は頬《ほお》がこけて、疲れているような印象だった。

部屋で向かい合うと、辰之助が口を開いた。

「青柳さま。じつはこのたび、私は身を引くことを決断いたしました」

「宇野さまから聞いた」

剣一郎は頷《うなず》く。

「はい。家督を倅に譲り、私は自由の身になりたいと」

「妾がいるそうだな」

「はい。お恥ずかしい話ですが、そのとおりにございます。子どもまでおり、別れることは出来ません」

「別の道はなかったのか」

「もう家内とは心が離れており、今さら元通りになることはありません。いえ、最初からお互い、意に染まない縁組だったのです。とくに家内は好きな男がいたのに、私のところに嫁がされたという思いがずっと消えなかったようです。だから、世間にはうまくいっているように見せていましたが、上辺だけの夫婦でした。離縁という形にはしませんが、我が家に私の居場所はありません」

辰之助は沈んだ声で言う。

「世間には妾を持つ男は少なからずいる。それこそ男の甲斐性だと豪語する者もいる。妻女と妾をうまく……」

「青柳さま」

辰之助は剣一郎の言葉に割り込んだ。

「家内は御家人の娘で誇り高い女です。私を一段下に見ておりました。私を許すはずはありません。それに、私は……」

辰之助はあとの言葉を呑んだ。妾のほうに思いが強いと言いたいのだろうか。妾とはどこでどうして知り合ったのか。そこまで深く問い質すことではないと思った。

「そなたがそう決めたのなら仕方ない。しかし、そなたにとっても十年前の事件は心残りのはず。今一度、探索をやり直し、無事解決して花道を飾ったらどうだ」

「お言葉はありがたいのですが、ずっと我が家では心休まるときはありませんでした。正直もはや疲れ果てました。家内も倅だけが生きがいです。早く、家内の望みを叶えてやるのが私の罪滅ぼしと思っています」

「そうか。それほどまでに」

剣一郎は辰之助の決意の固さを知った。

「だが、いい後継ぎがいてよかったではないか」

「はい。同心の見習いの枠があれば、私が現役の間に見習いとして勤めさせることが出来ましたが」

「そうだな」

剣一郎の場合は、倅剣之助を吟味方《ぎんみかた》の見習い与力として早くから奉行所勤めをさせることが出来たが、同心の見習い枠はすでにいっぱいになっていた。

辰之助は、自分が辞めて代替わりしなければ倅の奉行所勤務は叶わない。倅のためを思えば、辰之助が身を引くことは止むを得まい。

「そなたの決意も固いようだ。残念だが、そなたの考えを尊重しよう」

「ありがとうございます」

深々と頭を下げて、辰之助は引き上げていった。

身から出た錆《さび》とはいえ、辰之助の憔悴《しょうすい》した姿は見るに忍びがたかった。

多恵が部屋に入ってきた。

「柏木さま。かなりお疲れのようでしたが」

「家督を倅に譲り、隠居するそうだ」

「まあ、隠居ですって」

多恵も驚いた。

そして、その理由を告《っ》げるとさらに目を見開き、

「だってとても仲のよい御夫婦でしたのに」

と、信じられないように言った。

「わしは柏木辰之助の話しか聞いていない。妻女から話を聞いてきてもらえぬか」

「何か気になることがおありですか」

「そういうわけではないが、妻女の言い分も聞いてみたい」

「わかりました。明日にでも会ってきましょう。留守は志乃がいるからだいじょうぶです。志乃も頼もしくなりました」

与力の妻女は来客の相手をしなければならない。剣一郎の屋敷には毎日二十人以上の来客がある。武士も多い。みな剣一郎への頼みごとだ。だから、贈物をも

ってくる。品物であったり、金であったりする。

そういう来客の応対をするのが多恵の役目だ。最近は剣之助の妻志乃も玄関に出て、来客の相手をすることも増えてきた。

まだまだ難しい依頼の対処は出来ないが、大方は志乃も無難にこなせるようになってきた。

「では、頼んだ」

「はい」

多恵が返事をしたあと、庭に目を向け、

「太助さん?」

と、声をかけた。

「へい。太助です」

「なんですの、そんなところに立ってて。早く、お上がりなさいな」

「へえ」

「さっきからいたんじゃないのか」

剣一郎が言う。

「お邪魔じゃないかと」

「へんな気をまわすな。上がれ」

剣一郎も声をかける。

「お邪魔します」

太助は濡縁から上がった。

「どうした、浮かない顔をしているな」

「へえ、じつは倉吉さんのことなんですが」

太助は切りだした。

「昨夜、格造親分がやって来たんです。ひと月前に神田相生町で空き巣に入られた家の者が不審な男を見ていたそうなんです。細身の三十過ぎの男で、切れ長の目に細くて高い鼻。まさに倉吉さんなんです」

太助は夢中で続ける。

「せっかく倉吉さんは空き巣から足を洗ってやり直そうとしていた矢先に、格造親分に目をつけられて」

「そうか。証があるのなら逃れられまい。潔《いさぎよ》く罪に服し、その上でもう一度やり直す、それが倉吉のためだろう」

「せっかく、商売をはじめる元手を出してくれるひとが現われたっていうのに」

太助の説明を聞いて、剣一郎は首を傾《かし》げた。

「罪滅ぼしとは、どんな罪を犯したのだ？」

「いえ、詳しいことは話してくれませんでした。ただ、あるお方に裏切られたことがあったそうです」

「ちょっと気になるな。倉吉に会ってみたい」

剣一郎は何か引っ掛かるものがあった。

「それが……」

「どうした？」

「今朝、倉吉さんに会いに行ったんです。そしたら、池之端仲町の長屋にいなくて。昨夜から帰っていないようなんです」

「………」

「もしかしたら、元手を出してくれるひとのところに泊めてもらったのかと思い、昼過ぎに出直しました。しかしまだ、帰っていませんでした。それから、夜になって行ってみたんですが……」

「帰った形跡もないのだな」

「へえ」

「相棒の勘蔵は？」

「夕方に岩本町の長屋に行ってみましたが、留守でした」

「倉吉は元手を出してくれる者に会いに行ったのは間違いないか」

「ええ、そうだと思いますが……」

「勘蔵はその者を知らないのか」

「倉吉さんは教えていないと言ってました」

「なぜ、教えていないのだろう」

剣一郎は厳しい顔になって、

「ともかく、勘蔵に会ってみるのだ」

「はい。明日の朝、訪ねてみます」

太助は不安そうに答えた。

「ところで、『三枡屋』には顔を出しているのか」

剣一郎は話題を変えた。

「いえ」

「では、おそのという娘とも会っていないのか」

「へえ」

「行く用事がないか」

「なんで、そのようなことを?」

太助は少しどぎまぎしているようだ。

「いや、なんでもない。近々、また内儀にききたいことがあるのでいっしょに行こう」

「……はい」

太助が答えたときに多恵がやって来た。

「どこに行くのですか」

多恵がきいた。

「聞き込みだ」

「そうですか。おそのさんとは誰ですの。ひょっとして、太助さんの……」

「そんなんじゃありません」

太助はあわてて言う。

「あら、そんなんじゃないって？　私はまだ何も言っていませんけど」

「いえ、その」

太助はしどろもどろになった。

これは本気で惚れたな、と剣一郎は微笑んで、

「そうだ、太助。一度、おそのをここに招くことは出来ないか」

と、思いつきを口にした。

「えっ？」

太助が目を丸くした。

「多恵に会わせたい」

「だって、まだそんな仲じゃありませんから」

「まだ？」

「いえ。そういうわけでは……」

「おそのという娘さんを私に会わせたいのは、太助さんのいいひとだからですね」

多恵が剣一郎と太助を交互に見た。

「いや、そういうわけではない。じつは、おそのはそなたの若い頃に似ているのだ。それで引き合わせたいと思ってな」

「私に？」

「そうだな、太助」

「は、はい。多恵さまによく似ています」

「そう、会いたいわ。太助さん、連れてきて」

「でも……」

「でも、なに?」

ふたりのやりとりを聞きながら、剣一郎は立ち上がって濡縁に出た。秋の匂いがする夜風がふいてきた。

倉吉のことに思いを馳せた。剣一郎は念のためにあることを確かめてみたいと思った。それより、昨夜から倉吉が帰っていないことが気になる。剣一郎は庭の植込みの暗がりを見つめ、胸騒ぎを覚えた。

五

翌朝、太助は池之端仲町にやってきた。長屋木戸を入ろうとすると、ちょうど男たちが仕事に出かけて行くところだった。

道具箱を肩に担《かつ》いだ大工が木戸を出て行ってから、太助は路地に入った。

倉吉の家に急ぎ、腰高障子を開けた。しかし、倉吉の姿はなかった。土間に入って、部屋の中を見回す。昨日と同じだ。帰ってきた形跡はない。

太助は土間を出て、路地にいた小肥りの女に声をかけた。

「倉吉さん、昨夜も帰っていないみたいですね」

「また博打でしょう」

「帰ってこないことはよくあるんですか」

「ありますよ。でも、明け方には帰ってきてましたけどね」

「一昨日から帰っていないようなんです」

「それはおかしいわね」

女は首を傾げたが、

「でも、独り身で気楽だから、女郎屋にでも入り浸っているんじゃないですか」

と、笑いながら言った。

「そうですかえ。また、出直します」

太助は長屋木戸を出た。

やはり、倉吉は帰っていなかった。何かあったとしか思えない。

下谷広小路《ひろこうじ》から御成《おなり》街道を通って筋違《すじかい》御門を抜け、神田岩本町にやってきた。

長屋木戸を入り、一番奥にある勘蔵の住まいの前に立った。まさか、勘蔵までいなくなっているのではないかという不安に襲われた。

　深呼吸してから戸に手をかけた。

「ごめんなさいな」

　太助は声をかけて戸を開けた。天窓からの明かりの向こうに四角い顔の勘蔵が煙草を吸っていた。

「おめえは？」

　勘蔵が不思議そうな顔をした。

「ええ、太助です」

　上がり口まで行って声をかける。

「ああ、倉吉から聞いている」

　勘蔵は煙管の灰を灰吹に落とした。

「倉吉さん、一昨日から長屋に帰っていないんです。今朝も行ってみたら、いなくて」

「…………」

　勘蔵は眉根を寄せた。

「どこに行ったのか心当たりありませんか」

勘蔵は煙管を煙草盆に置いた。

「商売の元手を出してくれるお方がいると言ってました。そのお方に会いに行ったのではないでしょうか」

「そうだ」

勘蔵は厳しい顔になって、

「金を受取り、帰りにここに寄るからと言って出かけたきりだ」

「それが、一昨日のことですね」

「ああ、そうだ」

「元手を出してくれるお方が誰か、ご存じないんですね」

「きいたが、教えてくれなかった」

「なぜなんでしょうか」

「俺のことをそこまで信用していないからだろう」

勘蔵は顔をしかめた。

「でも、いっしょに商売をやることになっていたんじゃないですか」

「倉吉はそう言っていたが」

勘蔵は不審そうに言う。

「信用していなかったら、いっしょに商売をやるという話にならなかったのでは？」

「うむ」

「元手を出してくれるひとにかつて裏切られたことがあると言っていましたが、どんな裏切りだったか聞いていませんか」

「いや、俺にもそう言うだけで詳しいことは話してくれなかった」

勘蔵は顔をしかめた。

「裏切られたという話はほんとうなのでしょうか」

「さあ、詳しいことは何も話してくれないからな」

「勘蔵さんは、いっしょに商売をやろうという倉吉さんの話をすぐに信じたのですか」

太助はきいた。

「倉吉が熱心に説くんだ。このままではいつかお縄になって死罪か遠島《えんとう》だとね。俺もそう思っていた。だから、倉吉の話に心が動いた。だが、かつての罪滅ぼしで元手を出してくれるお方がいるという話は素直に聞き入れられなかった」

「と、仰いますと？」

「詳しくきこうとすると、話を曖昧にした。だから、額面どおりには受け取れないと思ったんだ。ただし、元手が入ることは間違いないようだし、深く詮索《せんさく》しないようにした」

「どうして元手が入ることは間違いないと思ったのですか」

「それは……」

「倉吉さんは誰かを強請《ゆす》っていたと？」

「うむ」

勘蔵は唸《うな》った。

「そうなんですね」

「そうとしか考えられなかった」

「勘蔵さんは倉吉さんといつからの付き合いなんですか？」

「五年前だ。俺は当時から猫をかっさらっては売って金を稼いでいた。金持ちが料理屋の大広間に集まって猫の売買をするのだ。倉吉は猫取りの仲間に入って野良猫を捕まえてなめし屋に持っていく仕事をしていた。猫を物色しているとき出会い、いつしかふたりで組んで空き巣を働くようになった。猫の蚤取りとか石見銀山の薬を売りながら、その家の様子を窺い、その隙《すき》に誰もいない部屋に倉吉が忍び込んで……」

勘蔵は目を細めて続けた。

「倉吉はまるで自分を痛めつけるように空き巣を繰り返していた。自分の人生を諦めていたのかもしれねえ。ただ、お互いにひとを傷つけて金を奪おうなどという気持ちはもたなかった」

「そうでしたか」

太助は呟き、

「いったい、倉吉さんは誰を強請っていたんでしょうか」

「わからねえ」

「倉吉さんの口ぶりから強請りの相手と出会ったのは最近だと思います。何か、思いあたることはありませんか。倉吉さんの様子があるときから変わったとか」

「そうよな」

勘蔵は首を傾げた。

「どこかで会ったはずです。よく、思いだしてみてください」

「…………」

勘蔵はこめかみに手を当てた。

「再会してすぐに強請りに結びつくとは思えません。必ず、その人物のことを調べたはずです。それには勘蔵さんといっしょじゃないときに……」

勘蔵は真顔になった。

「そういえば、ひと月ほど前、風邪を引いたらしいと言って、ふつかばかり会わなかったことがあった。長屋に見舞いに行ったらいなかった。出かけていたんだ」

「倉吉さん、その言い訳を何て言っていたのですか」

「医者に薬をもらいにと言っていたが、嘘だ。風邪を引いたというのも怪しい」

「そのときです。そのとき、強請りの相手のことを調べていたのです」

「そうだ、それに違いねえ。それからしばらくしてだ。いつまでもこんなことを続けていてはお縄になるのは目に見えている。そろそろ潮時じゃねえかと言い出したんだ。だから、なにして生きていくんだときいたら、ふたりで商売をやろう。元手がねえじゃないかというと、元手を出してくれるひとがいるんだと言い出したんだ」

「いつどこで、誰に会ったのか。風邪を引いたと言った、その少し前のはずです」

「間違いない。そのときだ」

「どこをまわっているときだったんでしょうか」

「覚えていねえ」

勘蔵はため息をついた。

「空き巣に入った家は本郷、小石川に多かったようですが、いつもその方面に狙いを定めていたんですか」

「いや、あの目明かしに知られていたのが本郷あたりだっただけだ。下谷、神田、日本橋、本所《ほんじょ》、深川にも行っている」

「最近はどことどこに?」

「本郷以外だったら本所、深川か。うむ、深川かもしれねえ」

「深川はどの辺りに?」

「ひと月前なら佐《さ》賀町《がちょう》から門前仲町《もんぜんなかちょう》、そして木場《きば》、冬木町《ふゆきちょう》……」

「その辺りを歩きまわっていて、問題の人物と再会したのに違いありません。歩いていて見かけたのか、それともどこかの家か」

太助はさらに考えを詰めた。

「商売の元手を出させようというのですから、相手はそれなりの財産を持っている男です。商家の主人かもしれません。どうですか、思いつきませんか」

「いや、だんだん思いだしてきそうだ」

勘蔵は厳しい表情になった。

だが、ため息をついた。

「だめだ。どうもすっきりしねえ。よし」

勘蔵が立ち上がった。

「これから深川を歩きまわってくる。そうすれば何か思いだすかもしれねえ」

「あっしも行きます」

太助も言う。

ふたりは長屋を出て、新大橋を渡って深川に行った。

小名木川《おなぎがわ》、仙台堀《せんだいぼり》を渡り、佐賀町に入る。勘蔵はところどころで足を緩め、少し考えて足を進める。

黒江町《くろえちょう》を過ぎ、一の鳥居を潜る。永代寺《えいたいじ》門前町から入船町《いりふねちょう》へとやってきた。

さらに進むと材木置き場が見えてきた。

それから三十三間堂《さんじゆうさんげんどう》の前を通って仙台堀に出た。

亀久橋《かめひさばし》の袂《たもと》で勘蔵が立ちどまった。厳しい表情になった。

「ここだ」

勘蔵が言う。

「ここで俺が倉吉に話しかけた。だが、倉吉は他のことを考えていたらしく俺の声が耳に入らなかったんだ。そしたら風邪を引いたようだと言い出した。一足先に帰って長屋で寝ているからと言うのでそこで別れた」

「じゃあ、今通ってきたところで……」

ふたりは引き返した。

三十三間堂の前まで戻ったとき、門前町のほうから岡っ引きが駆けてきて、洲《す》崎《さき》のほうに向かった。

太助と勘蔵も異変を察してあとを追った。

途中、木場の筏《いかだ》師らしい男が、

「洲崎弁財天の裏でひとが死んでいる」

と、仲間に教えていた。

太助と勘蔵は顔を見合わせ、それから洲崎堤に出て洲崎弁財天まで走った。

第三章　消えた母娘

一

陽《ひ》は傾きだしたが、海には船遊びの帆掛け舟がたくさん出ている。洲崎は晩春から初夏にかけては潮干狩りで賑わうが、今は釣り人がちらほらいるくらいだ。

洲崎堤の端に洲崎弁財天がある。門前や境内《けいだい》には茶屋が並び、人が大勢出ていた。だが、その裏手の夏草が生い茂ったところには、めったにひとは来ない。

海風を受けながら、剣一郎と太助はその木立の中にいた。

「倉吉さんはここに倒れていました」

太助が夏草を指さした。すでに奉行所の検死は終わり、亡骸は池之端仲町の長屋の住人が大八車で家に連れ帰った。

「匕首の傷だったそうだな」

剣一郎はきいた。

「はい。腹と胸を刺されていました。殺されて一日以上経っていました。こんなことになろうとは……」

木場の筏師が洲崎弁財天でひとが死んでいると騒いでいたのを聞き、もしやと思って太助は勘蔵といっしょに駆けつけたのだ。

「商売をはじめる元手を出してくれるお方がいると言ってましたが、そんな奇特なひとがいたとは思えません。誰かを強請っていたのだと思います」

「強請りか……いずれにしても関わりのある者がこのあたりに住んでいると考えられるな」

「はい。勘蔵さんは木場の旦那衆ではないかと。あっしもそうじゃねえかと思います。材木問屋の主人だったら、まとまった金が手に入るでしょうし」

「倉吉は三十過ぎ、細身で切れ長の目に細くて高い鼻。引き締まった口元だということであったな」

剣一郎はきいた。

「そうです。何か」

「確かめたいことがある」

そう言い、剣一郎はその場を離れ、太助とともに神田多町に向かった。

半刻（一時間）後に、今戸で殺されたお千代が妾になる以前に住んでいた長屋にやってきた。

大家の家を訪ねる。大家はすぐに出てきた。

「すまないが、ちょっと頼みたいことがある」

「なんでございましょうか」

「深川の洲崎で倉吉という男が殺された。特徴が似ているだけで佐吉かどうかわからないが、顔を確かめてもらいたいのだ」

「殺された……」

大家は啞然として、

「わかりました。どちらに行けばよろしいので」

「池之端仲町だ」

「今、支度《したく》してまいります」

大家は奥に引っ込み、着替えてから出てきた。

筋違御門を抜け、御成街道を通って下谷広小路から池之端仲町にやってきた。辺りは暗くなっていた。

倉吉が住んでいた長屋に行くと、倉吉の家から数人の男とともに僧侶が出てきた。

入れ違いに、剣一郎たちは土間に入った。

部屋に倉吉が寝かされていた。枕元の線香から煙が立ちのぼっていた。職人ふうの男がひとり付き添っていた。

「南町の青柳剣一郎である」

「これはどうも」

男はあわてて畏《かしこ》まる。

「ホトケを検めさせてもらいたい」

「へい、どうぞ」

剣一郎は大家とともに部屋に上がった。

ホトケに手を合わせてから、太助が顔にかかった白い布を外した。大家が顔を覗き込む。やがて、あっと声を上げた。

「佐吉か」

剣一郎は声をかけた。

「はい、雰囲気は変わっていますが、佐吉に間違いありません。首筋の黒子《ほくろ》も同じです。まさか、佐吉がこんなことになっていたなんて」

大家は声を震わせた。

「いったい、誰がこんな目に……」

剣一郎はホトケの傷を検めた。腹と心ノ臓の辺りに黒く深い傷があった。匕首によるものだ。さらに、よく見ると、傷口が斜め下に広がっている。刺したあと、そのまま引き抜いたのではなく、斬り下げるようにして動かしたようだ。

匕首を扱い馴れている者のようには思えなかった。

長屋の女たちが土間に入ってきた。酒や肴《さかな》を運んできたのだ。

剣一郎たちは外に出た。

「これから帰り、長屋の者にも佐吉のことを知らせてきます。何人かは線香を上げたいと思うかもしれませんので」

そう言い、大家は一足先に引き上げた。

木戸に向かったとき、男が通りから入ってきた。

「勘蔵さん」

太助が声をかけた。

勘蔵は剣一郎に気づき、

「青柳さまで」

と、畏まって挨拶をした。

「どこかで岡っ引きの目が光っているかもしれぬ」

剣一郎は注意をした。

「どうしても倉吉にお別れをしたくて」

勘蔵は声を詰まらせた。

「ちょっとききたいが、倉吉のほんとうの名は佐吉だ。知っていたか」

剣一郎はきいた。

「へい。知っていました。昔の痛みを忘れたいので名前を変えたと言ってました」

「それが何か知っているか」

「なんでも恋仲の女が誰かの妾になり、その後に殺されたと言ってました。その殺しの疑いもかけられたと」

「そうか、そこまで話していたか」

剣一郎はさらにきいた。

「倉吉、いや佐吉が誰かを強請っていたとしたら、昔の恋仲の女が殺された件と関わりがあるかもしれぬ」

「あっしにはわかりません」

勘蔵は首を横に振ってから、

「倉吉は、商売の元手を出してくれるのは昔の罪滅ぼしからだと言ってました。でも、実際は強請りだったかもしれないなんて」

と、やりきれないように言った。

「なぜ、倉吉さんは勘蔵さんにほんとうのことを話さなかったのでしょうか」

太助は疑問を口にした。

「俺がきいても、詳しいことは話してくれなかった。俺を危険に巻き込みたくないと思ったんだろうか」

「勘蔵」

剣一郎は呼びかける。

「へい」

「倉吉は足を洗い、そなたといっしょに商売をやろうとした。そなたたちはそれほど結びつきが強かったのか」

「知り合ったとき、倉吉は自暴自棄になってました。まるで命を削るためかと思うほど、酒を呷（あお）るように呑んでいました。そんな呑み方をしている様子が気になって声をかけたんです。忘れたいことがあるんだろう。俺といっしょに面白おかしく生きていこうじゃねえかと、猫取りや空き巣に首を突っ込むようになったんです。いい猫ならよそさまのものでもかっさらって……」

勘蔵は続けた。

「猫を捕まえて金にする。そんな暮らしをしているうちに、いつしか倉吉は昔の苦い思いを忘れていったようです。そのことを恩誼《おんぎ》に感じてくれていたんです。でも、このままじゃいつかお縄になってしまう。そんな不安を口にするようになってきたときに、商売の元手を出してくれるお方に出会ったという話をしてきたのです」

「そういう間柄なら、元手を出すという相手との経緯を話しても差し支えないはずだ。倉吉はそのことで危険を感じていた節はあるか」

「いえ、自信に満ちていました」

「そうか」

倉吉はまさか自分が殺されるとは思っていなかったに違いない。勘蔵を危険に巻き込みたくないから、相手のことを教えなかったのではないだろう。

いっしょに商売をしようと誘っているのだから、自分ひとりだけいい思いをするために教えなかったというわけでもなさそうだ。

「もし、倉吉から強請りのことを聞いたとしたら、そなたは抜け駆けして自分で相手から金を奪おうとするか」

剣一郎は勘蔵の目を見つめてきいた。

「とんでもない。あっしはそんなことはしやしません」

「倉吉がそんな疑いを持っていたと思うか」

「ありえません。それだったら、いっしょに商売をやろうなんて言うはずはありません」

勘蔵はむきになって訴えた。

「そうか」

剣一郎は少し思案してから、

「これまでに、倉吉に何かあったのではないかと異変を感じ取ったことはあるか」

「いえ、ありません」

「そなた以外に倉吉が親しくしている者はいたか」

「いなかったはずです。倉吉は他人を信じていませんでしたから。ただ」

勘蔵は言葉を切ってから、

「太助さんだけは別でした」

と、太助にちらっと目をやった。

「あの男だけは信じられると」

「倉吉さんがそんなことを……」

太助は呟く。

「そんなにひとを信じない倉吉が強請り相手にどうして用心しなかったのだろうか」

剣一郎は首を傾げる。

倉吉の家から賑やかな声が聞こえてきた。長屋の住人が集まってきて酒盛りをはじめたらしい。

「では、倉吉に別れを告げてくるがいい」

剣一郎は勘蔵に言う。

「へい、では」

勘蔵は頭を下げて木戸を入って行った。

剣一郎と太助は長屋をあとにした。

「倉吉さんが佐吉さんだったなんて」

太助が改めて衝撃を口にした。

「倉吉さんも幼い頃にふた親を亡くし、孤独に育ってきたそうです。でも、たった一度、孤独とさよなら出来そうなときがあったと言ってました。それがお十代さんとのことだったのかもしれません」

「倉吉、いや佐吉が誰を何のネタで脅《おど》していたのか。勘蔵はずっと付き合ってきて異変を感じ取ったことはないというから、佐吉の強請りのネタはそれ以前のものだ。そうなると、今戸の件ということが考えられるが」

「下手人に気づいたってことでしょうか」

「当時は気づかなかったが、ひと月前に気づいたのだ。だが、当時気づかなかったことに十年経ってどうして気づいたのか」

剣一郎は首を捻らざるを得なかった。

翌日、剣一郎は太助とともに今戸町に行った。

荒物屋『田村屋』の戸口に立つと、店番の男が立ち上がった。

「いらっしゃいませ」

亭主らしい男が声をかけた。

「すまない、客じゃないんです。お敏さんを呼んでいただけますか」

太助が口にする。

「少々、お待ちください」

亭主は編笠をかぶった剣一郎を気にしながら奥に向かった。

しばらくして亭主が戻ってきて、

「今、参ります」

と、告げた。

待つほどのこともなく、小柄なお敏が現われた。

お敏を外に誘い出してから、剣一郎が口を開いた。

「そなたはお千代を孫のように可愛がっていたそうだな」

「はい。私のことを大事にしてくれましたし」

「旦那が来ないとき、お千代を訪ねてくる者はいなかったということだったな」

「はい、そうです」

「しかし、そなたは夜はここに帰ってきたのではないか。夜に訪れた者は気づかなかったであろう」

「でも、五つ半（午後九時）近くまで妾宅におりました。ときにはそのまま泊まることもありました。お千代さんはとても用心深いおひとでしたので、夜遅く訪ねてくるひとがあっても出ていかないようにしていました」

「そうか。月に一度、お千代は観音様にお参りに出かけていたんだな。その際は、そなたが必ず付き添った」

「はい。旦那さまから必ずついていくように言われていましたので」

「そうだったな」

剣一郎は素直に頷いてから、

「お千代から佐吉という男の話を聞いたことはあるか」

「佐吉さんですか。ええ、聞きました」

「お千代は何と言っていたのだ？」

「佐吉さんのお嫁になるのを夢見ていたのに、旦那の世話を受けるようになって、佐吉さんへの思いがだんだん薄らいでいった。不思議だと言ってました」

「佐吉への思いが薄らぐだと？　そのことに間違いないか」

「ええ、私にはそう言ってましたよ」

「佐吉はお千代に未練があったのではないか」

「そうでしょうね」

「観音様に、佐吉は現われなかったのか」

「ええ、現われませんでした」

「そなたはずっとお千代に付きっきりだったのか」

「はい、ずっといっしょでした」

「佐吉がどこかからお千代を見ていたということは考えられないか」

「考えられません。仮にそうだったとしても、お千代さんは相手にしなかったはずです」

「なぜだ？」

「なぜって、もう心が離れていたからですよ。お千代さんはまだ子どもだったんですよ。だから、佐吉さんと親しくなったけど、旦那の世話を受けるようになって男を見る目が変わっていったんじゃないですか」

そう言ったあとで、

「どうして佐吉さんのことを持ちだすのですか。ひょっとして、佐吉さんに疑いがかかっているんですか」

「佐吉が殺されたのだ」

「殺された？」

お敏が驚いたようにきき返した。

「誰に？」

「まだわからぬ」

「じゃあ、やっぱり……」

「やっぱりなんだ？」

「お千代さんと旦那さまを殺したのは佐吉さんなのでは？」

お敏は顔をしかめて言う。

「どうして、そう思うのだ？」

「佐吉さんはお千代さんに裏切られたと思っていたはずでしょう。あの時は、佐吉さんがお千代さんを殺すはずないということで疑いが晴れたんじゃなかったかしら」

「佐吉が殺されたのはどうしてだと思う？」

「佐吉さんといっしょに妾宅に押し入った仲間がいて、そのひとに殺されたのよ」

お敏は決め付けるように言い、

「私は今だから言いますけど、はじめから佐吉さんの仕業だと思っていたんです。不審な男が妾宅の近くをうろついているのを見たこともあった。あれはきっと佐吉さんだったんだわ」

と、吐き捨てた。

「十年前は、そのようなことは言っていなかったではないか」

剣一郎は口をはさむ。

「万が一、無関係だったらと思うとよけいなことは言えなかったんですよ」

「佐吉に仲間がいるとしたら誰だ。心当たりはあるか」

「さあ、そこまではわかりません」

お敏は首を横に振った。

「そうか。邪魔をした」

剣一郎と太助はお敏と別れ、『三枡屋』に向かった。

途中で振り返ると、お敏がまだ立って見送っていた。

二

剣一郎は顔を戻して、歩を進めながら口を開いた。

「お敏の話で引っ掛かるのはお千代の気持ちが佐吉から離れていったということだ。旦那の柿右衛門との関係も気になる」

「倉吉さんが裏切られたと言っていたのは、お千代さんの心変わりのことでしょうか」

太助が首をひねりながら言う。

「お敏の話がほんとうだとしたら、お千代は柿右衛門の妾になって気持ちが変わっていったということになる。佐吉はこっそり妾宅まで会いに行ったが、お千代に冷たい態度をとられた。佐吉にとってはお千代が妾になった以上に、心が離れていってしまったことに衝撃を受けたのかもしれない」

剣一郎はこの考えが外れていないような気がした。

『三枡屋』にやって来た。店先で客が七輪や火鉢を見ている。

裏口にまわり、太助が声をかける。女中が出てきたので、おそのを呼んでもらった。

おそのが出てきて、

「まあ、太助さん」

と、笑顔で迎えた。

「青柳さまがまたお訊ねしたいことがあるそうで」

「どうぞ、お上がりください」

おそのが言うのを、

「いえ、すぐ済みますので」

と、太助は遠慮した。

「太助、上がらせてもらおう」

剣一郎は腰から刀を外して言う。

「どうぞ」

おそのは先に立った。

案内されたのは先日の客間ではなかった。

「こんなところで申し訳ありません。じつは向こうにお客さまが来ていて」

おそのが済まなそうに言う。

「それはかえってすまなかったな。そなたはいいのか」

　剣一郎は気にしてきいた。

「はい。構いません」

「構わない？」

「いえ、だいじょうぶです」

「ひょっとして、そなたに関わりがある客ではないのか」

「でも、いいんです」

　おそのははっきり言い、

「どんなことでしょうか」

　と、催促した。

「十年前はそなたはまだ七、八歳だ。覚えていないかもしれないが、念のためにきく」

「はい」

「当時、お千代は旦那の柿右衛門と仲がよいように思えたか」

「さあ。あまりいっしょのところを見ていませんから」

「お千代は旦那に尽くしているようだと言っていたが？」

「はい。確かに尽くしていました。でも、楽しそうではなかったと思います」

「楽しそうではなかったというと、旦那に尽くしていたのは仕方なくという印象だったのか」

「そんな感じでした」

「お千代に誰かが訪ねてきたのは見ていないと言っていたな」

「はい」

「お千代から佐吉という名前を聞いたことはなかったか」

「佐吉ですか、いえ」

おそのは首を横に振った。

そのとき、声がして襖が開いた。

「お嬢さま。向こうでお呼びです」

「終わったら行きます」

おそのは眉根を寄せて答えた。

「忙しそうだな。失礼しよう」

「いえ、いいんです」

おそのは厳しい顔で言い、

「それより、佐吉というお方はどなたですか」

「お千代と仲がよかった男だ」

「そうですか」

おそのが言ったとき、廊下で猫の鳴き声がした。

「ミケですね」

太助が言った。

「太助さんが来ているのがわかるのかしら」

おそのが立ち上がって襖を開けた。とたんに猫が入ってきて、ちょこんと座り、にゃあにゃあ鳴いている。

「ミケ、おいで」

太助が声をかけると、猫は太助にすり寄ってきた。

「太助がわかるようだな」

剣一郎は感心する。

「雄の三毛猫はめずらしいんですよ」

「思わぬ福をもたらしてくれたのだな」

猫は喉を鳴らしながら、顔を赤らめる太助の膝の上に乗ってきて、頭をこすりつけていた。

「私よりなついています」

おそのは苦笑する。

廊下に足音がした。

「失礼します」

襖が開いて、おふさが入ってきた。

「青柳さま、太助さん、いらっしゃいませ」

おふさは挨拶をしてから、

「お待ちよ。早く行きなさい」

と、おそのを急かした。

「忙しいようだな。失礼しよう」

剣一郎は太助に言い、腰を上げようとした。

「まだ、よろしいではありませんか。今度は私がお話をお伺いいたします」

おふさはあわてて言う。

「いや、おそのから聞いた」

剣一郎は答える。

「そうでございますか」

おふさは応じてから、

「おその、早く」

と、もう一度言う。

「はい」

おそのは答えてから、

「すぐ戻りますので。待っていてください」

と言い、部屋を出て行った。

「おそのの客が来ているのか」

剣一郎はきいた。

「客というより……」

おふさは言いよどんだが、すぐに顔を上げ、

「おそのの婿《むこ》になるお方が来ているのです」

「なに、おそのの婿」

剣一郎は思わず声を上げた。

太助も口をあんぐり開けた。

「そうか、おそのは婿が決まっていたのか」

「ええ、でも」

「どうかしたのか」

「あまり、おそのは気が進まないようで」

「そうか、大事なときに邪魔をしたようだ」

「お待ちください。おそのは戻ってくると申していますので、どうぞ、しばらく」

「太助、そなたは待っていろ」

「えっ」

「わしは一足先に引き上げる。そなたはおそのに告げることがあったではないか。返事をもらえ」

剣一郎は思いついて口にした。

「告げること?」

太助はぽかんとした。

「忘れたのか。多恵に会わせることだ」

剣一郎は太助に言ってからおふさに顔を向け、

「太助が残るので頼む」

と言い、立ち上がった。

「承知しました」

剣一郎はおふさに見送られて先に『三枡屋』を出た。

暑さは残っているが、大気は澄み、初秋らしい空が広がっていた。おそのに縁組の話があることを知って衝撃を受けたが、おそのは気乗りしないようだ。

太助をおそのとふたりきりにさせたくて、多恵に会わせたいと話していたことを咄嗟《とっさ》に持ちだしたのだが……。

剣一郎はかつて妾宅があった場所に足を向けた。もし、お千代に未練があるのなら、佐吉は近くまで来ていたはずだ。お千代は夜遅くに来る客は応対しないようにしていたというが、佐吉なら夜に訪ねてきたことはあっただろう。お千代の心変わりを目の当たりにしなければ、自暴自棄にならなかったはずだ。

佐吉がひとに裏切られたことがあると言っていたのはお千代のことだろう。

そう考えれば、佐吉がお千代と旦那の柿右衛門を殺したと考えても説明はつく。だが、当時、柏木辰之助と源吉は佐吉のことも調べている。それで下手人ではないということになったのだ。

それに、お千代と柿右衛門を殺したのが清介の可能性もでてきた。清介は十年前の殺しと同じ時期に江戸を離れているし、猫間の半蔵とも知り合いだった。根付を手にした清介は、これで運が向いてくると言っていたそうだ。その根付は半蔵が持っていたものではないか。半蔵の根付を現場に落として罪をなすりつけることも、清介なら可能だ。

その場から、剣一郎は引き返した。

再び、『三枡屋』の前を通りかかったとき、おそのに見送られて、二十五、六の男が出てきた。

色白のにやけた感じの男だ。男は待たせてあった駕籠《かご》に乗りこんだ。

おそのは駕籠が動きだすと、すぐに家に戻った。駕籠が見えなくなるまで見送るという光景はなかった。

気が進まないようだと言っていたおふさの言葉通りに思えた。まだ太助にも望みはあると剣一郎は安堵《あんど》したが、身分の違いを考えて気が重くなった。

大店《おおだな》の娘と猫の蚤《のみ》取りの若者とでは差があり過ぎる。そこまで考えて、剣一郎は苦笑した。

ふたりはまだ出会ったばかりだ。恋仲になるかどうかわからない。ましてや縁組など考えるのは早すぎる。

　そう思い、急に気が楽になった。が、太助はおそのに気があるようだ。やはり、なりゆきが気になった。

　花川戸町にやって来て、源吉の家に寄った。

　息子の嫁の案内で、庭に面した部屋に行った。源吉が待っていた。

「邪魔をする」

「へい」

　源吉は畏まった。

「お千代と恋仲だった佐吉は疑いからすぐ外れたようだが、その理由はなんだったのか、もう一度聞かせてもらいたい」

「へい。佐吉はお千代に惚れていました。柿右衛門さえいなくなればお千代を奪い返せるのですから、佐吉はお千代まで殺すはずはありません」

「そのことだが、通いの婆さんのお敏が言うには、お千代の佐吉への思いは消えていたそうだ」

「えっ?」

「佐吉からしたら、お千代はひとの妾になっても自分のことを思い続けていると信じていたようだ。だが、お千代の心は変わっていったのだ。佐吉はそのことを知って愕然《がくぜん》としたのに違いない。裏切られたと傷ついたのだ」

「佐吉にお千代を殺すわけがあったというのですか」

「そうだ」

「佐吉が下手人だということですか」

「いや、違う。下手人は恐らく清介だ。猫間の半蔵に罪をなすりつけるためか、あくまでも探索の攪乱《かくらん》を狙ったのかわからないが……」

「じゃあ、なぜ佐吉のことを？」

源吉は不思議そうにきいた。

「佐吉が殺されたのだ」

「えっ、佐吉が？」

「ふつか前だ。洲崎弁財天の裏で匕首で刺されて死んでいた」

「下手人はまだですか」

「まだだ」

剣一郎は顔をしかめ、

「佐吉は何者かを強請っていたようだ。その相手に殺されたのではないかと思われる」

「強請りですって。まさか、今戸の件と関わりが？」

「はっきりとした証があるわけではないが、おそらくそうであろう。どういう経緯があったのかわからぬが、佐吉は事件の黒幕に気づいたのだ」

「佐吉はどうして黒幕に気づいたのでしょうか。それも十年も経っているのに。佐吉と清介に繋《つな》がりがあるならともかく……」

源吉ははっと気づいたように、

「お千代の心変わりを知った佐吉は、清介の女房のおみつを買っていたのではありませんか。猫間の半蔵と同じで、おみつを介して清介と関わりがあったのでは」

と、想像を口にした。

「うむ、確かにあり得る。そうだとしたら、事件の翌日、江戸を離れた清介とおみつに不審を持っていたとも考えられる。その清介が殺されたことで、佐吉は事件の背後にいる者に気づいた……」

「当時、清介のことはまったく浮かんでいませんでした。あっしらの探索はまったく誤った方向に向かっていたんです」

源吉は悔しそうに言う。

「念のためにきくが、十年前の探索で、材木問屋の主人が何らかの形で浮上したことはなかったか」

「材木問屋の主人ですって。いえ、出ていません」

「そうか、ならいい」

「材木問屋の主人が絡んでいるかもしれないのですか」

「佐吉が何者かを強請っていたらしいことと殺されたのが洲崎だったことから、材木問屋の主人の可能性を考えただけで、なんの証もない」

「そうですか。でも、今から十年前の真相を摑《つか》むことが出来るのでしょうか」

「十年経って事件が動いたのだ。必ず下手人を挙げろという天の叱咤《しった》だ。気弱になるな」

「わかりました」

源吉は顔を紅潮させ、

「改めて事件を振り返ってみて、やはり、柿右衛門の弟の柿次郎が怪しいという考えに落ち着くんです。柿右衛門の死によって、『伊丹屋』の主人になれたのです。このことは大きいように思えるのですが」

と、訴えるように言った。

「柿次郎と清介の繋がりもおみつを介してか」

剣一郎は首をひねる。

「ええ、すべておみつが介在していることになります」

「柿次郎の疑いが晴れたわけは、やはり半蔵との繋がりが見出せなかったからだな」

「はい。当時は半蔵が殺しを実行したと思っていましたので」

「しかし、清介の可能性が高い。半蔵に罪をなすりつけるためにわざと根付を落としていったと思われる。柿次郎が清介を知っていたかどうか」

剣一郎は改めて現在の柿右衛門に会う必要があると思った。

「邪魔をした」

剣一郎は腰を上げかけたとき、ふと思いだして、

「聞いているか。柏木辰之助は息子に家督を譲り、隠居することになった」

「えっ、柏木の旦那が？」

「そうだ」

「そうですか。まだ、早いと思いますが」

「息子を思ってのことだろう」

剣一郎は言ってから、

「そなたは柏木辰之助の秘密を知っていたのか」

「秘密と言いますと?」

源吉は警戒気味にきいた。

「知っていたようだな」

源吉の様子から察して、剣一郎は言った。

「何をですかえ」

「とぼけなくてもよい。女のことだ」

「…………」

「黙っているように言われたか」

「はい」

源吉はため息をついた。

「いつ知ったのだ?」

「七、八年前です。たまたま、町中で柏木の旦那が風車売りから風車を買うのを見たんです。辰之進さまにですかってきいたら、辰之進はもう十歳だといって笑っていました。その後、お知らせしたいことがあって、夜にお屋敷を訪ねてもまだ帰っていないことがあって……」

「そうか。女とは会ったことはあるのか」

「いえ、そこまで立ち入らないようにしていましたので」

「そうか。邪魔をした」

剣一郎は立ち上がった。

源吉の家を出てから、剣一郎は日本橋本石町にある『伊丹屋』に向かった。

三

一刻（二時間）後、剣一郎は『伊丹屋』の客間で柿右衛門と差し向かいになった。

「いくぶん残暑も和《やわ》らぎ、特に朝晩は過ごしやすくなりました」

柿右衛門は丸顔の穏やかな顔で言う。

「いい風が入ってくる」

剣一郎は庭に目を向けた。草木が風にそよいでいた。

「じつはまた昔のことで訊ねたいのだが」

庭から顔を戻して、剣一郎は切りだした。

「そなたは提げ重のおみつという女を知っているか」

「提げ重の……。ひょっとして、売笑《ばいしょう》の？」

「そうだ」

「一度、店の使いで外に出たときに見かけたことはあります。確か、男といっしょに饅頭《まんじゅう》を売りながら春を売っていた女ですね」

「そうだ。そなたは当時、独り身だった。おみつを買ったことはなかったのか」

「いえ、ありません。奉公先から勝手に外出することは出来ませんでしたから」

柿右衛門は落ち着いた声で答える。

「おみつといっしょに歩いていたのは亭主だ」

「亭主？　自分の女房に体を売らせていたのですか」

「呆《あき》れた話だ」

「まったく」

柿右衛門は顔をしかめ、

「その亭主が何か」

と、きいた。

「清介という名だ。十年前に事件の翌日におみつといっしょに江戸を離れた」

「…………」

「最近になって江戸に戻ったが、何者かに殺された」

「殺された？」

柿右衛門は顔色を変え、

「その男が兄の事件に関わりが？」

と、身を乗り出してきいた。

「まだ、はっきりしたことはわからぬが」

「その可能性があるのですね」

「うむ」

柿右衛門の表情からは芝居をしているようには思えなかった。

「『伊丹屋』は懇意《こんい》にしている材木問屋はあるか」

「材木問屋ですか。深川入船町にある『木曾屋《きそや》』さんから材木を調達しております。火事に備え、材木を確保してもらっています」

「兄の柿右衛門は『木曾屋』の主人といがみあうような事態になったことはない

か」

「いえ、そういう話は聞いていません」

「そうか」

剣一郎は続けた。

「妾のお千代について、そなたはどの程度のことを聞いていた？」

「お千代には恋仲の男がいたと聞いています」

「その男の名は？」

「親分さんから聞きました。佐吉さんだとか」

「そうだ。会ったことはないのだな」

「もちろんです」

柿右衛門は不審そうな顔をした。

「佐吉というひとがどうかしたのですか」

「ふつか前に殺された」

「…………」

柿右衛門は絶句した。強張った表情は作り物とは思えない。柿右衛門はほんとうに驚いているようだ。

もし、これが芝居だったらたいした悪党だといわざるを得ないが、柿右衛門からは裏の顔は見出せない。

「内儀のおさわは死んだ柿右衛門が妾を囲っていることに、どんな思いでいたのかきいてみたい。呼んでもらえぬか」

「畏まりました」

柿右衛門は手を叩いた。

「お呼びでございますか」

しばらくして女中の声がした。

「おさわをここに」

「はい」

廊下に足音が聞こえた。

「失礼します」

障子が開き、内儀のおさわが入ってきた。

「おさわです」

柿右衛門が引き合わせる。

「少し、訊ねたいことがある」

剣一郎が言う。

「はい」

「青柳さま、私は向こうに行っております」

柿右衛門は気を使って出て行った。

「そなたは当時の柿次郎と別れさせられて『伊丹屋』に嫁に入ったそうだが、どんな思いだったのだ？」

「それは悔しい思いで一杯でした。でも、周囲から説き伏せられてどうしようもなかったんです」

「嫁いでどうだった？」

「だめでした。あのひとには申し訳ありませんでしたが、私には柿次郎さんしかいなかったと改めて思い知らされました」

「では、先代の柿右衛門が妾を作っても何とも思わなかったのだな」

「私にはそのほうが楽でした。私は『伊丹屋』の内儀の役目をしっかり果たす。それだけを心がけておりました」

「では、柿右衛門が殺されたと知ったとき、内心では喜んだか」

「いいえ。信じていただけないでしょうが、不思議なことに私は悲しみと申し訳なさで五体が引きちぎられそうになりました。私が尽くしていれば、外に女を作るようなこともなく、殺されることはなかったでしょうに」

「しかし、そのおかげで、そなたは好きな男といっしょになれ、『伊丹屋』もそのまま守っていくことが出来たのだ」

「はい」

「出来すぎだ。そのことで、あらぬ中傷を受けたのではないか」

「はい。私と柿次郎さんがひとを使って殺したのだと陰で噂をされました。でも、仕方ありません。私にとっては願ってもないことになっていったのですから。でも、私はそこまでして柿次郎さんといっしょになりたいと思ったことはありません。『伊丹屋』に嫁いだときから柿次郎さんへの思いを断ち切っていたからです」

おさわはきっとして、

「だから、柿次郎さんを婿に迎えるという話を親戚筋から持ち掛けられたとき、私は困惑しました。最初はお断わりしたんです。いえ、疑われるからではありません。すでに、柿次郎さんとは気持ちの整理をつけたからです」

「なるほど。そなたの気持ちはわかるような気がする」

柿次郎と別れ、『伊丹屋』の内儀として生きていく決意を固めたのだ。そこに、親戚のほうから柿次郎との話を持ち込まれた。

「柿次郎といっしょになることは柿右衛門への裏切りになると思ったのか」

「はい、そう思いました。死なれてみて、はじめて自分がいけなかったのだと思うようになったのです」

「なるほど」

「だが、柿次郎といっしょになった」

「はい。ですが、私には柿次郎さんと結ばれたというより、あのひとの弟さんを迎えたという気持ちのほうが強かったのです」

「そうか、今の柿右衛門は昔の柿次郎ではないのだな」

「はい」

「よく、わかった」

剣一郎は大きく頷いた。

「ところで、先代の柿右衛門は妾のお千代のことをどう思っていたかわかるか」

「かなり気に入っていたようです。お千代さんを囲うようになってから明るくなり、私ともふつうに話し合えるようになりました」

「ふつうに話し合える？」

「はい。お千代さんに夢中になり、私のことは眼中になくなったようです。不自然ですが、それなりにうまくいっていました」

「確かに不自然だ。が、お互い満足なら、そうした夫婦の形があってもいい」

剣一郎は柏木辰之助夫婦のことを思いだして言った。

「あいわかった。邪魔をした」

剣一郎は腰を上げた。

「うちのひとは？」

「もう用は済んだ」

剣一郎は『伊丹屋』をあとにした。

柿右衛門とおさわ夫婦は殺しに関係していない。剣一郎はそう確信した。


陽が暮れ、涼しい風が吹きはじめた頃、剣一郎は八丁堀の屋敷に帰ってきた。

着替えを手伝ったあと、多恵が口にした。

「早苗《さなえ》どのに会って来ました」

早苗は柏木辰之助の妻女だ。

「聞こう」

居間に移動し、剣一郎は多恵と向かい合った。

「柏木どのに女がいると気づいたのは六、七年ほど前だそうです。それ以前より、夫婦仲はよくなかったそうです」

多恵は続ける。

「でも、表向きは仲の良さを見せていました」

「早苗どのは御家人の娘で、身分差もあったのだろうか」

罪人を扱う与力・同心は卑《いや》しまれ、武士の中でももっとも格下扱いであった。早苗はそのような思いがあったのではないか。

「それは最初のうちだけで、付け届けなど実入りが多く、数年したら同心の妻としての誇りを抱くようになったそうです」

「すると、やはり、柏木辰之助の心変わりか」

「だんだん、気持ちが離れていくのを感じ取っていたようです。それが女のせいだと知ったのはそれから数年先だそうです」

「辰之助に非があったというのだな」

「はい。でも、その後、子どもまで生《な》していたと知り、柏木どのとは別の道を歩むことになったそうです。あとは息子辰之進どのが生きがいになり、辰之進どのが十八歳になるのを待って家督を譲るように迫ってきた。でも、柏木どのが煮え切らないので、思い切って宇野さまに訴え出たということです」

「そうか」

　剣一郎は腕組みをした。

「離縁は？」

「それはないようですが、柏木どのは女のところで暮らすようになるでしょうと」

「追い出すつもりか」

「柏木どののもそのおつもりだとか」

「仕方ないな。お互いがそれで満足であれば……」

　剣一郎はため息混じりに言う。

「昔の柏木辰之助は悪を憎む正義の男だった。わしの知っている辰之助であれば、十年前の事件にも情熱を失わなかったはずだ。辰之助の心を惑わすとは、女は恐ろしいものだ」

「あら、女も同じですよ。男次第で」

「そうだな」

剣一郎は苦笑した。

「だから、太助さんがどのような女子を選ぶか心配です」

多恵は真顔になった。

「太助か」

あのあと、太助はおそのとどうなっただろうかと気になった。

「おや、噂をすれば影だ」

剣一郎は庭に目をやった。

太助がやって来た。

「ちょうどよかった。これから飯だ」

剣一郎が言うと、太助ははいっと元気よく答えた。おそのとのことを聞きたかったが、今の返事は空元気でもなさそうだった。


夕餉を終え、再び居間に戻った。

太助と差し向かいになって、

「どうだ、おそのを誘ってみたか」

と、剣一郎はきいた。

「はい。おそのさんもぜひ多恵さまにお会いしたいと言ってくれました」

太助はうれしそうに言う。

「ところで、おそのの縁組はどうなのだ？」

「おそのさんはいやがっています。でも、父親が乗り気なようです。相手は浅草田原町の呉服問屋の若旦那だそうです。にやけた、いやな男だと言ってました」

「そうか」

剣一郎が見かけたときの印象も同じだった。

「しかし、親御がその気なら縁談は進められていくのか。母親のおふさは？」

「おそのさんの味方ですが、やはり逆らえないような様子でした」

太助は暗い顔をした。

「どうした？」

「じつは、内儀さんとおそのさんと話しているときに、旦那が部屋に入ってきたんです。少し怒っていました」

「おそのが若旦那につれなかったのは太助のせいだと思われたか」

「はい。あっしは猫の蚤取りと猫探しをしていますと挨拶したら、いい加減な仕事だと言ったんです。そしたら、おそのさんがミケを見つけてくれたと言い返してくれて」

太助は息を継いで、

「それは偶然だ。探し出したのではないと。ほんとうに探し出せるのなら、十年前にいなくなったハナを探し出してみろと」

「それは無茶だ」

剣一郎は苦笑した。

「ハナは、おそのさんのために旦那が買ってきた猫だそうです。だから旦那も愛着があるそうなんです」

「十年前にいなくなった猫か……」

そう呟いたが、剣一郎が考えていたのは他のことだった。

おそのも太助のことを憎からず思っているようだ。ふたりが相思相愛になることを願っているが、その先のことを考えると気が重くなった。

ふたりが結ばれる可能性は極めて低いだろう。父親としたら娘を太助に嫁がせるより、呉服問屋の若旦那のほうが安心だ。大店の内儀になれるのだ。

いずれくる別れのことを考えると憂鬱になるが、それはまだ先のことだ。それに、まだふたりがいっしょになりたいと思うようになるかもわからないのだ。

勝手に先走って、よけいなことを考えても仕方ない。

多恵がやって来た。

「太助、おそのをいつ連れてくるのだ？」

「まだ、いつかは……」

「おそのさん、いらっしゃるのね。楽しみだわ」

多恵が相好《そうごう》を崩した。

「きっと驚く。娘時代の自分を見るようだと思うだろう」

剣一郎は多恵とおそのを会わせるのが楽しみになっていた。だが、また剣一郎は余計なことを考えた。

おそらく、多恵はおそのを気にいるだろう。太助とおそのは似合いだと思うに違いない。だが、その先に待っているのは……。

いけない、また余計なことを考えていた。どうも太助のことになると冷静さを失ってしまうと苦笑しながら、話の弾んでいる多恵と太助を見ていた。

四

人通りの絶えた人形町《にんぎょうちょう》通りに太助の足音だけが聞こえる。長屋木戸を入り、足音を忍ばせてどぶ板を踏み、自分の家に辿《たど》り着いた。

腰高障子に手をかけたとき、中にひとの気配がした。また、本郷三丁目の格造かと警戒しながら戸を開けた。

天窓からの明かりに、おぼろげに男の姿が浮かんでいる。

「すまねえ、待たせてもらった」

「勘蔵さん」

太助は驚いて、

「どうかしたんですかえ」

と、きいた。

「格造親分に目をつけられた」

勘蔵は切羽詰まったように言った。

「ともかく上がってください」

太助は部屋に上がり、行灯に灯を入れた。仄《ほの》かな明かりが強張った表情の勘蔵の顔を浮かび上がらせた。

「格造親分が俺のところにやってきた。本郷辺りで猫の蚤取りをしていたのはおまえだなと言われた」

空き巣を追っていた格造は、中肉中背の四角い顔の額の広い特徴から、とうとう勘蔵を探し出したのだ。

「そうだと答えたら、おまえは倉吉という男とつるんで空き巣を働いていたと追及してきた。俺は否定した。倉吉がいなくなったので、おまえを捕まえても空き巣を働いていたことを明らかにすることは難しくなったと」

「じゃあ、格造親分は空き巣を捕まえることを諦めたというのですか」

「そうじゃねえ」

勘蔵は憤然となって、

「俺が倉吉を殺したと決め付けてきた」

「なんですって」

「倉吉がいなくなれば、空き巣の件もうやむやになる。だから、倉吉を殺したのだと」

勘蔵は口元を歪め、

「俺は殺しなんかしてねえと訴えると、明日にでも深川の岡っ引きにおめえの話をするつもりだと言うんだ。そしたら、おめえは殺しでしょっぴかれる。それがいやなら、空き巣を認めるのだと迫った」

「勘蔵さんはなんて」

「答えられなかった。そしたら、明日までにどうするか考えるんだって、引き上げた。それで、ここに飛んできたってわけだ」

「そうでしたか」

「倉吉殺しの探索はどうなっているか知っているか」

「まだ、下手人はわかっていません」

「そうか」

勘蔵は唇を噛んだ。

「しかし、勘蔵さんは下手人じゃありません」

「信じてくれるか」

「どうするんですか」

「江戸を離れようと思う」

「いけません。そしたら、罪を認めたと思われかねませんよ」

「そしたら、空き巣を認めるしかない」

「でも、認めたとしても倉吉さん殺しの追及があるかもしれませんよ。格造親分は空き巣を挙げることしか考えていないでしょうから」

「じゃあ、どうしたらいいんだ」

勘蔵は苦しそうに言う。

「格造親分の返事を先延ばしにするか、無視しても」

「そしたら、倉吉殺しの疑いが……」

勘蔵は気弱そうな目をした。

「倉吉さんは誰かを強請っていたのです。そのために殺されたのです」

「だが、強請っていたと思っているのは俺とおまえさんだけだ。信じてもらえるかどうかわからねえ」

「青柳さまは信じています」

「…………」

「勘蔵さん。ふたりでもう一度深川を歩いてみませんか。倉吉さんはあの辺りで因縁の人物と会ったに違いありません。倉吉さんがどこでその人物と会ったのか、何か思いだせるかもしれません」

「どうかな」

「入船町にある『木曾屋』をご存じですか」

「倉吉が『木曾屋』を強請っていた？」

「いえ、そういうわけではないんですが」

「『木曾屋』の前を通ったことは覚えているが……」

「どうして覚えているんですかえ」

「『木曾屋』の塀の上に猫が何匹かいたんだ。猫を飼っていることはわかった。でも、別に猫の蚤取りに声はかからなかった」

「そうですか」

「そういえば、倉吉は『木曾屋』の猫を見ていたな」

勘蔵は真顔になって、

「よし。明日『木曾屋』の前まで行ってみようじゃねえか。何か思いだすかもしれない。朝四つ（午前十時）、富岡八幡宮の鳥居のところで落ち合おう」

そう言い、立ち上がった。

「これから帰るのですか」

「ああ、まだ町木戸が閉まるのに間に合う」

勘蔵は土間を出て行った。

太助は見送ってから部屋に戻って布団をしいた。


翌日、太助は富岡八幡宮の鳥居のそばに立っていた。約束の四つを過ぎたが、まだ勘蔵は現われなかった。

風があった。西の空から黒い雲が近づいてくる。雨になるかもしれないと、太助は参道のほうを見た。

すると、勘蔵が歩いてくるのが目に入った。

太助は鳥居の前から出た。

「待たせた。格造親分が朝早くやってきたんだ」

「…………」

「昨日の返事を迫られたから、三日待ってもらうことにした。その間に、下手人を探す。行こう」

勘蔵は参道から通りに出た。

「この辺りで、空き巣に入ろうと目をつけた家はあったんですか」

「二軒あった。いずれも入船町だ。猫の蚤取りで上がった」

源吉は続けた。

「一軒は下駄屋だ。主人夫婦に隠居の年寄り、それに子どもがふたりいた。もう一軒は、地味だが器量のいい三十くらいの女と十歳ぐらいの女の子が暮らしていた。誰かの世話を受けているのかもしれない」

「倉吉さんはそこに空き巣に入ったのでしょうか」

「いや、ひとがいて入れなかったと言っていた」

「でも、その二軒は商売の元手になるだけの金を要求出来るかどうか疑問ですね。それより、材木問屋がたくさんありますけど、そこには狙いは?」

「大きな店はひとが多いからな」

「そうですか」

強請りの相手が材木問屋の主人なら、かなりまとまった金を手に入れることが出来そうだが、小商いの下駄屋と妾の母娘のところからどの程度の金をとれるだろうか。

因縁の男が材木問屋の主人だったと今になってわかった。そのことを知った倉吉が主人に近づいた……。

それが『木曾屋』なら今戸の事件と結びつく。

入船町に入った。

「さっき言った下駄屋はあそこだ」

勘蔵が指を差した。

店の前を通るとき、中を見た。おとなしそうな中年の男が店番をしていた。

「亭主だ」

通りすぎてから、勘蔵が言う。

「違いますね」

さらに先に進み、辻を曲がり、路地の突き当たりにある一軒家の手前で勘蔵が立ちどまった。

「もう一軒があそこだ」

太助は近づいた。小さな門は閉まっている。静かだった。

「訪ねてみます」

太助は門を入り、格子戸の前に立った。妾だとしたら、旦那が気になる。旦那なら十分に強請りの対象になるかもしれない。

格子戸に手をかけたが開かなかった。

「出かけているようですね」

あとで出直そうと、そこを離れ、材木問屋が並ぶ一帯にやってきた。やがて、『木曾屋』の前にやってきた。

岡っ引きが『木曾屋』から出てきた。

そして、次の材木問屋に入って行った。倉吉を見ていた者がいないか、聞き込みをしているのだと思った。

「材木問屋のほうは奉行所に任せましょう」

その後、勘蔵と倉吉がいっしょに歩いたとおりの道を進んで、亀久橋の袂までやってきた。

「どうですか、何か思いだすことは?」

「いや」

勘蔵は首を横に振った。

「だが、どうも『木曾屋』じゃねえ。他の材木問屋でもねえ」

「すると、最初に目をつけた下駄屋と母娘の家。でも、下駄屋は強請りとは関係なさそうな気がします」

太助は母娘が気になった。母親は妾らしい。その旦那ならそこそこ金を持っているだろう。

「やはり母娘が気になりますね」

「戻ってみよう」

ふたりは来た道を引き返した。

さっきの路地の奥にある一軒家の前に戻った。格子戸は開かない。まだ、帰ってきていないようだ。

「向かいできいてみましょう」

向かいの家は畳屋だ。ふたりはそこに足を向けた。

戸は開いていて、広い土間で職人が畳針を畳に突き刺していた。

「ごめんくださいまし」

太助が声をかけると、板敷きの間にいた内儀らしい女が返事をした。

「なにか」

女はふたりを胡乱《うろん》げに見た。

「じつは前の家を訪ねてきたのですが、今留守のようで」

勘蔵が腰を低くして言う。

「あら、留守じゃありませんよ」

「えっ、いるんですかえ」

「そうじゃないの。引っ越していったわ」

「引っ越した？　いつですか」

太助は胸が騒いだ。

「ふつか前だったかしら」

「どこに行ったのかわかりますか」

「本郷だと聞きました」

「家財道具は誰が運んで行ったのでしょうか」

「男のひとがふたりで大八車に積んでいましたよ」

「どこのひとかわかりますか」

「本郷のほうで手配したみたいです」

「母娘ふたりで住んでいたんですか」

「ときたま男がやってきていましたけど」

「どんな男ですか」

太助は焦ったようにきいた。

「お侍さんです」

「お侍？」

「ええ、いつも頭巾《ずきん》をかぶって顔を見せないようにしていましたけど」

「その侍は昼間も来ていたのですか」

倉吉がその侍を見かけたとしたら昼間だと思ったのだ。

「いつも夜ですよ」

「夜？　昼間は？」

「昼間は見たことないですね」

内儀は首を横に振った。

「その侍に何か特徴はありませんでしたか」

「さあ」

「あれは八丁堀かもしれねえ」

畳に下から通した糸を肘に当てて、ぐいと締めつけた若い職人が口をはさんだ。

「八丁堀？」

太助は不思議そうにきいた。

「おまえ、どうしてそう思うんだい？」

内儀が若い職人にきいた。

「へえ。以前、永代寺の近くで小火《ぼや》騒ぎがありましたね。半鐘《はんしよう》の音に驚いて外に出たとき、向かいの家の二階の窓からお侍さんが外を見ていたんです。月影が射していたので姿が見えました。そしたら髷《まげ》が小銀杏《こいちよう》だったんです」

「小銀杏……」

「おまえ、いくら月明かりがあると言っても、向かいの窓にいる男の髷まで見えるとは思えないね。おまえ、ほんとうは男を探りに行ったんだろう」

内儀が鋭く口にした。

「へえ、すみません。じつは、そうなんで」

若い職人はあっさり認めた。

「以前から、旦那ってどんなひとかと気になってましして。一度、顔を見てみたいと思っていたんです。半鐘が鳴ったとき、いい機会だと思って向かいの家を見に……」

「しょうもないね。向かいは四年ぐらい前に引っ越してきたんですけど、あの母親ってのが美人で、うちの若い者はいつも旦那ってどんな男だと噂していて」

内儀が苦笑する。

「小銀杏に間違いないのですね」

「ああ、八丁堀風の髷だ。それだけじゃねえ。連子窓《れんじまど》から覗いたとき、縁起棚に房《ふさ》のついた十手《じって》が置いてあるのが見えたんです」

「よく今まで黙っていたね」

「へえ、へたなことを言って向かいに知れたら、あっしが様子を見に行ったことがばれてしまうかもしれないと思って黙っていました。今は引っ越していったので、喋ってもいいと思って……」

若い職人は気まずそうに言う。

「じゃあ、顔も見ているんですね」

「横顔だけちらっと」

「いくつぐらいでした？」

「四十半ばだったようです」

「わかりました。お邪魔して申し訳ありませんでした」

太助は礼を言い、外に出た。

「八丁堀の同心じゃ違うな」

勘蔵ががっかりしたように言う。

「そうですね。まさか、同心に強請られるような弱みがあるとは思えませんし、倉吉さんもそんなだいそれたことをするとは思えません」

太助も応じたが、

「でも、どうしてこの時期に引っ越していったのでしょうか」

と、疑問を口にした。

「倉吉が殺されたとばっちりかもしれねえ」

「とばっちりですか」

「倉吉殺しの探索のために町方がこの近辺をうろつく。あの母親のことに注意が向けば、旦那に興味を持つ者も現われるかもしれねえ」

「ばれることを恐れ、あわてて引っ越して行ったってことですね」

勘蔵の考えはわからなくはなかったが、いずれ引っ越したことは知られる。かえって誤解を招くことになるのではないかと、太助は首をひねった。

そのことを口にし、

「念のために、母親の行先を探りたい。あっしは本郷を聞き回ってきます」

「じゃあ、俺も行こう」

勘蔵も同意し、ふたりで本郷に向かった。

五

五條天神裏にある女郎屋で、剣一郎は亭主の喜久三と会った。

「まだ、清介を殺した下手人は捕まりませんか」

喜久三は眉根を寄せてきいた。

「うむ。ところで、清介は江戸の生まれだったのだな」

「そうです。四谷《よつや》です」

「すると、上州は？」

「親方の里は確か赤城《あかぎ》だと聞きました」

「清介の父親だな」

「そうです。あっちのほうには親方の知り合いもいるんで、清介は江戸を離れて上州に向かったのだと思います」

「清介は江戸に戻って浜町の大名屋敷の中間部屋にもぐり込んだ。まっすぐここに顔を出さなかったのは、おみつの件で敷居が高かったからだろうという話だったな」

「そうです」

「しかし、顔を出した」

「はい」

「なぜだ？」

「おそらく、江戸でまた暮らすつもりだったのかもしれません。それなら、私に挨拶をしておかないと、と思ったのではないでしょうか」

「しかし、おみつはいっしょではなかった。上州に残したままだ」

「そうですね」

「清介は江戸に金の工面《くめん》にきた。金が手に入れば、再び上州に帰るつもりだったのだろうか」

「そうですね」

喜久三は首を傾げた。

「清介はおみつとずっといっしょにいると思うか。おみつに飽きたり、他に女をこしらえたり、あるいは何らかの理由で、すでに清介はおみつと別れているとは思えぬか」

「さようですね。そういうことも考えられなくはありません。ですが、清介は自分の得になることしかしません。おみつが邪魔になったとしても、ただじゃ別れないと思います」

「そなたはおみつのことでは清介に裏切られたのだ。おみつといっしょになりたいというのを許したら、清介はおみつを金儲けの道具にしていたのだからな」

「はい」

「いくら恩ある親方の伜だろうが、そのような裏切りに遭いながら、よく清介を許していたな」

「腸《はらわた》は煮えくり返りましたが、耐えました」

喜久三は口元を歪めた。

「今、おみつはどうしていると思うか」

「さあ」

「じつは清介に十年前に今戸の妾宅で起きた殺しの下手人の疑いがあるのだ。清介が江戸を離れたのはその殺しがあった翌日なのだ」

「まさか」

「もちろん、証があるわけではないが、状況は清介が下手人であることを示している。清介は誰かに依頼されて殺しを行なったのだ。金だろう。そのことを知っているのは依頼をした人物の他にはおみつだけだろう」

「…………」

「おみつに飽きたり、他に女をこしらえたりしても、清介はおみつを捨てるわけにはいかないのだ。おみつを裏切れば腹いせに悪事をばらされる恐れがあるのだ」

「…………」

「今回、ひとりで江戸に出てきたというのは、すでにおみつは死んでいる可能性がある」

喜久三は厳しい表情で頷き、

「ええ、あっしもひとりで江戸に舞い戻ったと聞いて、おかしいと思いました」

「清介はひと殺しが平気で出来るような男だったのか」

「ときどき、背筋がひんやりするような目をすることがありました。子どもの頃、おとなと喧嘩になって、相手を半殺しの目に遭わせたことがありました。逆上して相手を殴っているのではありません。冷静でした。顔に笑みが浮かんで、残忍性が垣間見えました」

「そうか。おそらく、清介は強請りで金を得たあと、江戸で暮らすつもりだった。その際の請人《うけにん》をそなたに頼もうとしたのかもしれぬな」

「だから、ここに顔を出したんですね」

喜久三は顔をしかめ、

「こんなことを言っては不謹慎ですが、清介のような男は死んでよかったと思います。江戸で暮らしはじめたら、いずれ何かをしでかしていたでしょうから」

「十年前、清介はある人物から金で、柿右衛門とお千代のふたりを殺すよう依頼を受けたに違いない。そのような依頼をする者に心当たりはないか」

「いえ、あっしは清介の付き合いはまったく知りません」

「そうか」

やはり、おみつの客だった男かもしれない。客のひとりが清介に金で持ちかけ、柿右衛門とお千代を殺させたと考えるのが自然だ。

おみつはたくさんの客をとらされていただろう。その客を見つけ出すことはほとんど不可能だ。

もうこれ以上きくことはなく、剣一郎は話を切り上げて腰を上げた。

「あっ、青柳さま」

喜久三が思いだしたように、

「これはお役に立つかわかりませんが、うちに来る客が昔、清介に声をかけられて提げ重のおみつを買ったことがあると言ってました」

「名はわかるか」

「指物師《さしものし》の安吉《やすきち》さんです」

「住まいは？」

「車坂町《くるまざかちょう》です。長屋の名前は聞いていませんが」

「よし、安吉に会ってみる」

剣一郎は女郎屋を出て、上野山下から車坂町にやってきた。

自身番に寄り、指物師の安吉の住まいをきくと、詰めていた家主のひとりが知っていた。長屋の名を聞き、剣一郎はそこに向かった。


長屋木戸を入り、腰高障子に鉋《かんな》が描かれている家の前に立った。

剣一郎は戸を開けて、

「ごめん」

と、声をかけて土間に入る。

男がふたりいて、若い男が板に鉋掛けをし、年配の男が小槌《こづち》を手に小箱を作っていた。

「誰でえ」

年配の男は顔を上げずに作業を続けながらきいた。

剣一郎は編笠をとった。

「南町の青柳剣一郎である」

年配の男の手が止まった。そして、ゆっくり顔を上げた。

「あっ、青柳さま」

男はあわてて畏まった。

「安吉か」

「へい」

「少しききたいことがある。手が空いたときに出直すが、いつならよいか」

「いえ、今で結構でございます」

「では、外に出てもらえるか」

「へえ」

剣一郎は土間を出た。

すぐに小柄な安吉がついてきた。

路地の突き当たりの広場まで行く。小さな稲荷の祠《ほこら》があった。

「青柳さま、いったい何を……」

祠の脇で立ちどまると、安吉が不安そうにきいた。

「五條天神裏の喜久三から聞いてきた。そなた、十年前に提げ重のおみつを買ったことがあるそうだな」

「ええ、そんなこともありました」

安吉は目を細め、

「東本願寺の前で、あっしの女房と遊ばないかって、清介っていう亭主に声をかけられたんです」

「で、遊んだのだな」

「へえ、新堀川沿いにあった空き家に連れ込まれて四半刻（三十分）ほど楽しみました」

「どうだった？」

「へえ、痩せていましたが、透き通るような青白い肌……」

安吉はにんまりした。

「十年前のことをよく覚えているな」

「それが」

　安吉は言いよどんだ。

「どうした?」

「知り合いに、提げ重のおみつの話をして、痩せていたけど、透き通るような青白い肌がたまらなかったと言ったら、その女、梅毒《ばいどく》にかかっていたんじゃないかって言われ、あわてたことがあったんです。幸い、あっしには感染《う つ》らなかったんで、女がほんとうに梅毒にかかっていたかどうかわからないんですが。そんなことがあったので、覚えているんです」

「そうか。女とはどんな話をしたのだ?」

「ほとんど話に乗ってきませんでした」

「清介とは話したか」

「金を払うときにちょっと」

「どんなことだ?」

「自分の女房が他の男に抱かれても平気なのかってききました」

「清介はなんと?」

「生きるためだって」

「そうか。で、それはいつごろのことだ」

「十年前の冬のはじめだったと思います。その後はもっぱら五條天神裏に遊びに行くようになりましたが」

「そなた、かみさんは？」

「一時期いましたが、男とどこかに行ってしまいました」

「そうか」

「でも、ひとりのほうが気ままでいいもんです」

安吉は笑った。

「ご苦労だった。参考になった」

「へい。では」

自分の家に戻って行った安吉と別れ、剣一郎は奉行所に戻った。

剣一郎が与力部屋に落ち着いたとき、見習い与力がやって来て、

「同心の植村京之進どのがお目にかかりたいということでございますが」

と、告げた。

「待っていると」

「はっ」

見習い与力が下がって、しばらくして京之進がやってきた。

「青柳さま。浜町堀周辺の町を調べましたところ、何人か長屋に浪人が住んでいましたが、いずれも殺しとは関係ないことがわかりました」

京之進はさらに続ける。

「あの界隈の武家屋敷の侍とも思えません。辻番所の番人は怪しい武士は見ていないとのこと」

「やはり、下手人は火事の見廻りの目をうまく逃れて、遠くに逃げ去ったということになる」

剣一郎は眉根を寄せ、

「だが、どこか見落としがあるかもしれぬ。何か死角になっているものが……」

「清介がもぐり込んでいた中間部屋の連中にもう一度きいてみましたが、清介はやはり何も話していません。ただ、誰かに会いに行っているらしいとは思っていたようです」

「清介はどうも江戸で暮らすつもりで帰ってきたようだ。おみつはもう生きていないかもしれぬ」

おみつを殺して身軽になって江戸に出てきたのではないかと、剣一郎は説明した。

「上州に誰か使いをやりましょうか」

「いや、清介とおみつがどこに住んでいたかわからぬからな。上州にいたという証もない。ただ、猫間の半蔵が倉賀野宿で殺されている。今から考えれば、清介の仕業かもしれない。半蔵が死ねば、今戸の殺しの下手人を半蔵に仕立てられる。いずれにしろ、清介は倉賀野宿からさらに遠くに行ったはずだ。中山道をそのまま進んだか、日光例幣使街道《にっこうれいへいしかいどう》に足を向けたか」

女の変死体が見つかればともかく、今のままでは清介が暮らしていた場所を特定するのも難しいと、剣一郎は言った。

「十年前の事件との関連ですが、柏木さまも清介のことは眼中になかったようです」

「うむ。岡っ引きだった源吉も提げ重のおみつと清介のことを知っていたが、殺しとの結びつきをまったく考えていなかったようだ。それも、柿右衛門が猫間の半蔵の根付を握っていたからだ」

「それから、半蔵が深川の富岡八幡で博打打ちを殺した件ですが、妙なことがわかりました」

「妙なこと？」

「はい。殺された岩五郎という博打打ちは、実際は佐賀町の『大村屋《おおむらや》』という口入れ屋の番頭でした。この番頭は提げ重のおみつを買ったことがあるそうです。仲間の男が言ってました」

「おみつの客だった？」

「ええ。それだけじゃありません。金のことで、清介ともめたようです」

「殺したのは半蔵ということになっているが？」

「それが、半蔵に目をつけたのは柏木さまだそうです」

「柏木辰之助は管轄が違うが？」

「今戸の殺しで、疑いが猫間の半蔵に向いたとき、富岡八幡での殺しも半蔵ではないかと、柏木さまが掛かりだった同心の村岡《むらおか》さまに伝えたそうです。それで村岡さまが半蔵を調べたら、殺された男と賭場でもめていた。それで疑いが半蔵に向いたということでした」

「富岡八幡の殺しは半蔵の仕業だとはっきりした証があったわけではないのか」

「はい」

剣一郎はふと首を傾げた。先日、京之進が柏木辰之助から聞いてきた話とかなり違っている。

「わかった。ごくろう」

「はっ」

京之進が引き上げたあと、剣一郎は柏木辰之助のことに思いを馳せた。なぜ、半蔵に関して説明が違っていたのか。些細《ささい》なことだと思っていたのか。

辰之助から話を聞いたのは、妻女ともめていて家督を息子に譲るように迫られていた頃だ。辰之助は平常心ではなかったからか。

それにしても、辰之助はいつから妾の女とつきあいはじめたのだろう。

その夜、八丁堀の屋敷に太助がやってきた。

「ちょっと妙なことが」

部屋に上がった太助はいきなり口にした。

「何か」

「きょう、勘蔵さんといっしょに倉吉さんのことで深川を歩きまわってみました。念のために、勘蔵さんが猫の蚤取りで上がった母娘が住んでいる家を訪ねたのです」

「母娘だと？」

「はい。三十過ぎの母親と十歳ぐらいの娘のふたり暮らしだそうです。妾のようです」

「……………」

「ときたま夜に旦那らしい男が訪ねてくるようです。その男というのがお侍で、いつも頭巾で顔を隠しているそうです」

太助は真顔で続ける。

「向かいの家の職人が、あるときこっそり窓から覗いたそうです。すると、男は四十半ばで、髷は小銀杏、縁起棚に房のついた十手が載っていたというのです」

「十手……」

柏木辰之助の顔が脳裏を掠めた。

「ところが、この母娘はあわただしく引っ越してしまいました。ふつか前と言っていたので、倉吉さんが洲崎で見つかった日です」

剣一郎は腕を組み、目を閉じた。太助は続けた。

「引っ越し先は本郷だというので、本郷を探し回りました。ところが、新たに引っ越してきた母娘はどこにもいませんでした」

「おそらく、その侍は柏木辰之助であろう」

「柏木辰之助……」

「十年前の今戸の殺しを探索した定町廻り同心だ」

剣一郎は目を開け、腕組みを解いた。

「じゃあ、倉吉、いや佐吉さんのことを知っているのですね」

「そうだ。柏木辰之助に妾がいて、子どもまでいることを最近知った。辰之助に間違いないだろう」

「どうして急に引っ越していったんでしょうか。殺しの聞き込みで、周辺に町方がうろつきはじめたからでしょうか。でも、妾のことが知られているならわざわざ引っ越す必要はないと思うのですが」

太助が疑問を口にする。

「その母娘が住みはじめたのはいつごろからだ?」

「四年前からです」

「子どもは十歳ぐらいか。それまで別の場所に住んでいたのだな」

もっと遠い土地に住んでいたのかもしれない。比較的、八丁堀に近い場所に移した。そういうことであろう。

「太助、大八車の行方を追ってくれ。木戸番などが見かけているかもしれぬ。向かったのは本郷と逆のほうだ」

剣一郎は考える。

「本所のほうに向かったか。いや、もっと別の場所だ。永代橋を渡ったのであろう。本郷のほうではないとしたら」

剣一郎はある想像をした。

「霊岸島《れいがんじま》から築地《つきじ》を経て、芝《しば》、高輪《たかなわ》、あるいは愛宕下《あたごした》。その方面ではないか。その辺りを想定して大八車を追うのだ」

「わかりやした」

「それから、このことは誰にも言ってはならぬ。京之進にもだ」

剣一郎は念を押したが、目の前に黒い闇が迫ってくるような不安に襲われていた。

第四章　裁かれし者

一

剣一郎は木挽町《こびきちょう》一丁目にあるそば屋の二階に柏木辰之助を誘った。

剣一郎が先に来て待っていると、少し遅れて辰之助がやってきた。

「遅くなりました」

小部屋に入り、辰之助は恐縮したように低頭した。

「そのように畏まらずともよい。一度、そなたとゆっくり話がしたかったのだ」

剣一郎は穏やかに言う。

「恐れ入ります」

「失礼します」

障子が開いて、亭主が酒肴《しゅこう》を運んできた。

「ごくろう」

剣一郎は亭主に声をかけた。

亭主が下がってから、

「さあ」

剣一郎は徳利《とつくり》をつまんで差し出す。

「とんでもない、私が」

「いや、いい。さあ、猪口《ちょこ》を」

「はっ」

剣一郎は辰之助の猪口に酌をし、

「そなたは呑めるほうであったな」

ときき、自分にも酒を注《つ》いだ。

「若いときほどではなくなりました」

「どうだ、奉行所から離れる気持ちは？」

「はい、寂しいの一言に尽きます。でも、伜辰之進のためにはよい時期かと思います。どうか、辰之進をよろしくご指導のほどを願いたてまつります」

猪口を置くと、辰之助は畳に手を突いて頭を下げた。

「安心するがよい。辰之進ならだいじょうぶだ」

辰之進は潑剌《はつらつ》とした若者だ。見習いからはじまり、奉行所生活を立派にやっていけるだろう。

「ありがとうございます」

「そなたは八丁堀の屋敷を離れるのか」

剣一郎はきいた。

「家内次第です」

「早苗どのはそなたを許さぬのか」

「許さぬというより、もはや眼中にないものと思われます」

「そうか」

剣一郎は空になった猪口に手酌で酒を注ぎ、

「つかぬことをきくが、妾とはいつからの付き合いだ?」

と、さりげなくきいた。

「十年以上前です」

「正確に言うと?」

「十一年前です」

「どこで出会ったのだ?」

「町廻りのとき、ならず者に絡まれていたのを助けました。そのとき心が吸いよせられて……。それから、ときどき会うようになって」

辰之助は俯《うつむ》いて答えた。

「一目惚《ひとめぼ》れか」

「はい」

「そのとき、妻女どののことは考えなかったのか」

「早苗とは冷めた関係でした。だから、よけいにおまきに思いが……」

「おまきと言うのか」

「はい」

「お互いに好き合ったのだな」

「お恥ずかしいですが、運命としか言いようがないと思っています」

「ずっと隠していたのはなぜだ?」

「おかみの御用を務める者が妾を囲っては何かと誤解を招くかと」

同心は三十俵二人扶持《ぶち》であり、これだけでは生活は苦しいが、奉行所の同心は付け届けがかなりある。それなりに裕福な暮らしが出来るが、妾を囲うとなれば別だ。さらに付け届けを多く得なくては苦しいかもしれない。

「子どももいるそうだが」

「はい」

「いくつだ？」

「十歳になります」

「十歳か。男の子か女の子か」

「女の子です」

「ふたりは今、どこに住んでいるのだ？」

「本郷です」

答えまで間があった。

「本郷のどこだ？」

「菊坂町です」

辰之助は目を逸らした。

「一度、おまきどのにお会いしてみたいが」

「そのような女ではありません」

会わせたくないような言い方だった。

「呑まないのか」

剣一郎は辰之助の空の猪口を見た。

「いただきます」

辰之助は徳利をつまんだ。

「奉行所に勤めて何年になる？」

「十八のときからですのでかれこれ二十四年になります」

「二十四年か。町廻りとしては？」

「二十年ほど」

「いくつもの事件を扱ってきただろうが、唯一下手人を挙げることが出来なかったのは今戸の殺しか」

「はい」

辰之助は苦しそうな顔をした。

「さぞかし、心残りであろう」

「はい……」

「そのことはもう気にかけずともよい。わしがきっと下手人を挙げてみせる」

「…………」

辰之助は黙って頭を下げた。

「今戸の件だが」

剣一郎は辰之助の顔を見つめ、

「そなたは殺された柿右衛門が猫又の根付を握っていたことから、猫間の半蔵の仕業ではないかと考えたのであったな」

「はい」

「今戸の事件のひと月前に、半蔵は深川の富岡八幡で博打打ちを殺して逃げていた」

「さようで」

辰之助は警戒するような目をした。

「富岡八幡の殺しは半蔵の仕業だという証があったのか」

「あったはずです。私の掛かりではありませんので、詳しいことはわかりませんが」

「確か、深川は……」

「はい。村岡さまです」

「村岡が下手人は半蔵だと言ったのだな」

「はい」

京之進の話では、辰之助のほうから村岡喜平《きへい》に半蔵の仕業ではないかと言ったということだった。

「半蔵は富岡八幡の殺しのあと、江戸のどこかに潜伏していて、ひと月後に今戸の妾宅に押し入ったということになるが……」

剣一郎は首を傾げた。

「はい。ただ、何者かが罪を半蔵になすりつけるためにわざと半蔵の根付を柿右衛門の手に握らせていたという考えもありました」

「どうやら、その考えのほうが合っていたようだ」

剣一郎は辰之助の目を見つめ、

「先日、浜町堀で殺された清介は女房おみつに客をとらせていた。おみつの客に半蔵がいたことがわかった。つまり、清介は半蔵を知っていたのだ」

「……………」

「半蔵はおみつを買ったとき、根付を落としてしまった。それをおみつが拾って清介に渡した。清介はその根付を悪用した。そういう筋書きも考えられる」

「あの当時、清介のことはこれっぽちも浮かんでいませんでした」

辰之助は弁明するように言う。

「清介は今戸の殺しの翌日に江戸を離れている」

「………」

「もし清介のことが浮かんでいたら、殺しの翌日に江戸を離れたことに疑問を抱いたかもしれぬな」

「迂闊《うかつ》だったと思います」

「提げ重のおみつと清介という夫婦者のことは知っていたのか」

「はい。そういう売笑婦がいることは承知しておりました。でも、まさか今戸の殺しと関係があるとは……」

辰之助は首を横に振った。

「無理もない。今回、清介が殺されなかったらわからないままだったろう。だが、清介は単なる殺し屋だろう。背後に黒幕がいる」

「はい」

「ところで、殺された妾のお千代と恋仲だった佐吉が洲崎弁財天で殺されたことを知っているな」

「いえ」

「知らない？」

「倉吉という男だと聞きました」

「そうか。じつは倉吉は佐吉のことだ。名を変えたのだ」

「名を変えた？」

「佐吉はお千代を失って自暴自棄になった。野菜の棒手振りをしていた佐吉は真面目に働くことがばかばかしくなり、おもしろおかしく生きていこうと宗旨《しゅうし》替えをした。それで昔の名を捨て、倉吉を名乗るようになったのだ」

「……………」

「佐吉は誰かを強請《ゆす》っていたようだ。誰をなんのネタで脅《おど》していたのかわからない。思い当たることはないか」

「いえ」

「確か、佐吉にも疑いをかけたのだったな」

「はい。ですが、佐吉はお千代を殺すはずはないと考え、疑いから外しました」

「ところが、お千代は佐吉に情がなくなっていたようだ」

「……………」

「つまり、佐吉が今戸の殺しの下手人だということも考えられる。そうなると、実際に手を下したのは清介でも佐吉でもどちらでもあり得るということになる。

そのふたりが殺されたのだ」

剣一郎は続ける。

「佐吉が強請っていたのが清介の相手と同じかどうかわからない。だが、同じと考えていいのではないか」

「……………」

「佐吉は洲崎弁財天の裏で殺された。佐吉の仲間の話では、木場の辺りを歩いたときから、佐吉の様子が変わったという。強請りの相手があの近くに住んでいた可能性がある」

剣一郎は辰之助の反応を窺《うかが》いながら、

「浜町堀で殺された清介だが、火の見櫓の番人が見たという侍のことを聞き回ったが、誰にも目撃されていないのだ。あの夜は風が強く、火の見廻りが町内を歩きまわっていた。その者たちの目から逃れている。あの近辺の家々を調べても不審な侍は住んでいなかった」

辰之助は黙って聞いていた。

「いや、もう足を洗ったも同然のそなたにこのような話をしても詮《せん》ない」

剣一郎は表情を和《やわ》らげ、

「これからはおまきどのと娘御を大事に暮らしていってもらいたいが、そなたは隠居して実入りがなくなる。そのことはだいじょうぶなのか」

「はい。僅かですが貯えがあります。それに、私もまだまだ老け込むわけにはいきませんので働くつもりです」

「何か当てが？」

「はい。いくつか考えていることがございます。じっくり考えて、決めたいと思っています」

「それなら安心だ。八丁堀の屋敷のほうは辰之進が立派に守っていくだろう。お互いが不幸にならなければよい」

「はっ」

辰之助は低頭した。

それからとりとめのない話をしたあと、ふたりは腰を上げた。

そば屋を出て、いったん奉行所に戻る剣一郎は、八丁堀の屋敷に帰るという辰之助と紀伊国橋《きのくにばし》を渡ったところで別れた。

辰之助は三十間堀川《さんじっけんほりかわ》に沿って京橋川のほうに向かった。剣一郎の背後に風呂敷包を背負った行商人の男が近づいた。隠密《おんみつ》同心の作田新兵衛《さくたしんべえ》だ。剣一郎がもっと

も信頼を置いている男で、これまでにも何度か重要な役目を担《にな》ってもらってい
た。
「いったん、屋敷に帰って改めて出かけるかもしれぬ。頼んだ」
剣一郎は素早く言う。
「はっ」
新兵衛は辰之助のあとを追った。
最初、尾行を新兵衛にやらせるのにためらいがあった。仲間を疑う真似をさせ
ることが忍びなかったからだ。
だが、真実を明らかにしなければならない。
辰之助に疑いを向けたのは、清介殺しの下手人の侍が浜町堀から煙のように消
えてしまったことからだ。
火の見櫓の番人の訴えから剣一郎が現場に駆けつけたあとに辰之助がやってき
た。臨時廻り同心の辰之助が火事の見廻りに出ていたことはさして不自然ではな
いが、あの付近にいた偶然が小さな疑問だった。
もっとも、それは疑惑という類《たぐい》のものではなかった。
そして、十年前の今戸の殺しを調べていくうちに、辰之助は下手人として猫間

の半蔵に目をつけながら江戸から逃してしまった。そして、半年後に、半蔵は倉賀野宿で死体となって発見され、事実上探索は行き詰まってしまったのだ。

だが、下手人は半蔵ではなく清介の公算が大きい。清介は事件の翌日に江戸を発《た》っている。半蔵は女房のおみつの客で、清介は半蔵を知っていたはずだ。

辰之助の探索に、なぜ清介は浮かんでこなかったのか。辰之助は半蔵は一か月前に富岡八幡宮で博徒《ばくと》を殺し、さらに今戸の事件を起こして江戸を出奔《しゅっぽん》したと自分の考えを述べたが、掛かりの同心村岡に博徒殺しは半蔵ではないかと告げたのは辰之助だったようだ。

辰之助が思い違いをしていたとは思えない。博徒殺しも今戸の殺しも清介の仕業だと考えるべきではないか。

辰之助は清介をかばっていたのではないかという疑惑が生まれた。いや、清介をかばっているのではなく、清介を使って柿右衛門とお千代を殺したのだ。なぜ、辰之助がそこまでするのか。

金か。辰之助に妾がいることを知って納得出来る。金のために、辰之助は黒幕をかばっているのではないか。

自分の間違いであって欲しいと願いながら、剣一郎は奉行所に戻った。

二

太助と勘蔵は朝早くに永代橋の西詰で落ち合い、木戸番や小商いの店の者や通りがかりの者に片っ端から、大八車を見ていないかときいてまわった。

大八車はかなり走っていたが、猫の籠《かご》を持った母娘がいっしょだという目印があるので、思いの外早く、見ていた者がみつかった。

大八車と母娘は霊岸島を通って鉄砲洲《てつぽうず》稲荷の前を過ぎ、築地明石町《あかしちよう》を抜けたことまでわかった。

そして、南小田原町《みなみおだわらちよう》の木戸番が見ていて、築地本願寺のほうに行ったと教えてくれた。

「やっぱり芝だ」

太助は叫んだ。

「よし、まっすぐ芝まで行ってみよう」

勘蔵も言う。

ふたりは三十間堀川を越え、東海道《とうかいどう》に出て新橋《しんばし》を渡り、芝口《しばぐち》一丁目で木戸番にきいた。あいにく木戸番の番人は見ていなかったが、かみさんが大八車と母娘を見ていた。

さらに、露月町《ろうげつちょう》、宇田川町《うだがわちょう》と過ぎ、浜松町《はままつちょう》二丁目までやってきた。

ふたりは木戸番屋に赴《おもむ》き、番太郎に声をかけた。

「ちょっとお訊ねしやす。三十過ぎの母親と十歳ぐらいの娘が大八車といっしょにここを通ったかどうかわかりませんか」

「ああ、見たぜ」

番太郎はあっさり言う。

「まだまっすぐ行ったんでしょうか」

「ああ、そうだ」

礼を言い、太助と勘蔵はさらに町中を進んだ。

そして、きいていくと、大八車は浜松町三丁目に入ったことがわかった。そのまま進み、浜松町四丁目までやってきたが、大八車は四丁目まで来ていないことがわかった。

「目的の場所は三丁目ですね」

太助は目的の場所が近いことに勇躍《ゆうやく》し、目についた履物屋の店先に行った。

「すみません、ちょっとお訊ねしたいのですが」

太助は店番の年寄りに大八車のことをきいた。

「ああ、この先の道具屋だ」

「道具屋？」

勘蔵が不思議そうにきいた。

「『万物屋《ばんぶつや》』っていう道具屋の若い衆が曳《ひ》いていた」

「その大八車に母娘がついていたのですね」

「そうだ」

「わかりました」

ふたりは履物屋を出て、『万物屋』という道具屋を目指した。

すぐに『万物屋』の看板が見えてきた。

店先に立った。桐の箪笥《たんす》や火鉢などが店座敷に並んでいた。ふたりは土間に入った。

「いらっしゃいまし」

番頭らしい男が出てきた。

「あっしは南町の青柳剣一郎さまの手の者です」

「青柳さま」

番頭は畏まった。

「こちらで先日、深川入船町から家財道具を大八車で運んできましたね」

「ええ、買い取りに参りました」

「買い取りに？」

「ええ」

「引っ越しではないのですか」

「いえ、違います」

「母娘がいっしょについてきたのではありませんか」

「母娘？」

番頭がきき返したとき、店座敷にいた若い男が、

「いっしょでしたね。増上寺《ぞうじょうじ》まで行きたいのでいっしょさせてもらいたいと言われましたので」

と、口をはさんだ。

太助は勘蔵と顔を見合わせた。

「じゃあ、その母娘は途中で別れたのですか」

勘蔵がきいた。

「そうです。途中で別れ、大門のほうに行きました」

若い男が答える。

「母娘は猫を連れていましたか」

「ええ、籠に入れて連れてました」

「これからどこで暮らすか、何か話していませんでしたか」

「本郷だと言ってました」

「本郷？」

太助は不思議そうにきく。

「なんで、深川から本郷に引っ越すのにこっちの道具屋に売ったのでしょうか」

「うちが高値で引き取るからかもしれませんね」

番頭が答える。

「誰が売りに来たのですか」

「編笠をかぶったお侍さんです」

「四十過ぎの？」

「そうです」

「何かその母娘について気づいたことはありませんか」

「いえ」

若い男は首を横に振った。

太助と勘蔵は道具屋を出た。

「本郷には引っ越してきたような母娘はいませんでした。尾行を用心してごまかしているに違いありません」

太助はそう言って舌打ちした。

「とりあえず増上寺に行ってみよう」

勘蔵が大門のほうに曲がった。

参道は参詣人で溢れ、子ども連れの女も多くいて、母娘について聞き込みをかけても無駄だった。

増上寺の山門の前で立ちどまった。

「ここから母娘はどこに行ったのでしょうか」

太助は天を仰いだ。青空に細い雲が浮かんでいた。

「神谷町《かみやちょう》、麻布《あざぶ》、飯倉《いいぐら》辺りではないか」

勘蔵が言う。

「とりあえず、行ってみましょう」

太助と勘蔵は増上寺の脇を通り、神谷町に向かった。

各町の自身番に寄り、町内で最近になって引っ越してきた母娘について訊ねたが手掛かりはなかった。

「諦めよう」

陽が傾くまで歩きまわったが、徒労に終わった。

「ええ」

ふたりは引き上げた。

「倉吉さんは裏切られたと言ってましたね」

「うむ。どんな裏切りに遭ったかは話してくれなかったが」

「裏切られたことが強請りの種になるでしょうか」

「確かに、怨みこそあれ、強請るってことにはならねえな。強請りなら相手の弱みを握らなくてはな」

「裏切りと弱み……」

太助は呟く。

新橋を渡り、京橋までやってきたときには辺りは暗くなり、暮六つ（午後六時）の鐘が鳴りだした。

「その後、格造親分はどうですか」

「なんにも言ってこなくなった。倉吉のおかげで、俺は助かったのだ。俺が倉吉を殺したと疑っていたが……」

「倉吉さんを殺したのは強請りの相手だと、格造親分もわかったはずです」

「うむ」

勘蔵は厳しい顔をして、

「なんとしても倉吉の敵《かたき》をとりたい」

と、力んで言う。

途中、太助は勘蔵と別れ、八丁堀に向かった。


太助が剣一郎の屋敷に着き、庭から入って行くと、剣一郎は隠密同心の作田新兵衛と向かい合っていた。

太助は庭先に立った。

「太助か、上がってこい」

剣一郎に声をかけた。

「いえ。ここで」

太助は濡縁に腰を下ろした。

「続けてくれ」

剣一郎は新兵衛に言う。

「あのあと、柏木辰之助はいったん屋敷に帰り、編笠をかぶってすぐにまた出かけました。東海道に出て西に向かいました」

東海道と聞いて、太助は耳を澄ました。

「柏木は新橋を渡り、浜松町を過ぎ、本芝《ほんしば》二丁目に行きました」

「本芝二丁目か」

「はい」

「しかし、用心深く、大きな寺の山門に入って行き、そのまま裏口から出て行きました。気がついたときはもうどこにも姿はありませんでした」

「尾行に気づかれたわけではないのか」

「もともと用心深く動き回っているようでした」

「本芝二丁目に何かあるのか」

「本芝二丁目を歩きまわってみましたが、大きな店でいえば、『吉見屋《よしみや》』という古着屋、料理屋が二軒……」

「ちょっとよろしいですかえ」

太助は濡縁から声をかけた。

「今のお話は何を？」

「上がれ」

「へえ」

太助は部屋に入って畏まった。

「今戸の殺しについて、柏木辰之助に重大な疑惑がある」

「黒幕ってことですか」

「そこまではわからぬ。柏木辰之助に柿右衛門とお千代を殺さねばならない理由はないのだ。すると、黒幕をかばっているのではないかという疑惑が生じた」

「黒幕をかばうのは金のためですか」

「柏木辰之助は妾を囲うために金が入り用だった。そこで、殺しの黒幕を見逃す代わりに金を要求した。辰之助はいつか黒幕に会いに行く。そう睨んで新兵衛にあとをつけさせた。そしたらさっそく動いたというわけだ」

「深川入船町の母娘の引っ越し先を探すべく、聞き込みをしながら大八車の行方を追いました。大八車は浜松町三丁目にある道具屋『万物屋』のもので、途中で母娘は大八車の一行と別れ、増上寺の大門に向かったそうです」

太助は経緯を説明した。

「その後、神谷町、麻布、飯倉などを探しましたが、見つかりませんでした。母娘もまたずいぶん用心深く動いています。行先を突きとめられないためではないでしょうか。作田さまのお話を聞いていて、ひょっとして母娘は増上寺に行くふりをして浜松町を越えたのではないかと思ったのです」

「そうか、母娘に会いに行ったと考えたほうが自然だ」

剣一郎は素直に頷く。

「明日、もう一度芝まで行ってきます。用心深いのはかえって怪しく映ります」

「私も明日、本芝二丁目に行こう」

新兵衛が太助に言った。

「くれぐれも辰之助に気づかれぬように」

剣一郎は念をおして注意した。

「へい」

太助は気負って応じた。

翌朝の四つ（午前十時）前、太助と勘蔵は本芝二丁目にやってきた。

「してやられたって感じだ」

勘蔵は忌ま忌ましげに言いながら町中を一通り歩きまわった。そして、一軒家を探し、近所で聞き込みをした。

見当をつけたのは通りから一歩入ったところにある一軒家だ。窓から海が望める場所にある。

数日前から母娘が住んでいるといい、猫もいるらしい。

太助と勘蔵は近くの寺の山門の脇にある、銀杏の樹の陰から一軒家を見張った。そこに新兵衛もやってきた。

「酒屋で聞いてきた。侍がいっしょらしいと言っていた」

「柏木辰之助さまに間違いありませんね」

太助が言う。

昼近くになって、一軒家から女が出てきた。

「あの女だ」

勘蔵が叫んだ。

猫の蚤《のみ》取りで呼ばれた入船町の家の女だ。

しばらくして女は戻ってきた。

昼過ぎに、格子戸が開いて、侍が出てきた。

「柏木……」

新兵衛が思わず呟いた。

柏木辰之助は編笠をかぶると、浜松町のほうに歩きだした。

「あとをつける」

新兵衛は言い、辰之助を追った。

「俺たちも引き上げよう」

「ええ。その前になかの様子を見てみましょう」

柏木辰之助が今戸の殺しにどのように関わっているのかもわからない。関わっていたとしても、あの母娘は事件と関わりないのだ。

ふたりはその一軒家の裏手にまわってみた。柴垣の隙間から庭が見え、縁側に猫が寝ているのがわかった。

そばに十歳ぐらいの娘がいて、猫の頭を撫でていた。

「あの猫、かなり歳ですね」

太助がきいた。

「ああ、十三、四歳ぐらいだな」

蚤取りした勘蔵が言うのだから間違いないだろう。

その夜、太助は剣一郎の屋敷に赴いた。

「母娘の住まいがわかりました。勘蔵さんも入船町にいた母娘だと確かめました。それから、その家から柏木辰之助さまが出てきて、作田さまがあとをつけていきました」

「そうか」

「女は三十前後、勝気そうな感じで、色白の美人です。娘も母親に似ています」

太助は言ってから、

「猫がいますが、十三、四歳になるようです。かなりの歳です」

「長生きか」

「はい」

剣一郎は目を閉じ、何か考え事をしているように思えたので、太助はしばらく待った。

しかし、長かった。こんなに長い間、沈思黙考《ちんしもっこう》している姿をはじめて見た。

ようやく、剣一郎は目を開けた。

「犬はひとに付き、猫は家に付くというが、実際はどうなのだ？」

太助は一瞬きょとんとした。長い黙考の末の問いかけが犬と猫のことだったのが予想外だった。

「青柳さま」

太助は不審そうにきいた。

「なんだ？」

剣一郎が真顔だったので、

「いえ、猫でしたね」

と、太助はあわてて言う。

「引っ越しても猫はちゃんと居つくのか」

剣一郎はもう一度きいた。

「猫は家具についた匂いや飼い主がそこで暮らしていたことを確認して安心するのです。引っ越しても飼い主がいっしょならだいじょうぶです」

「そうか」

「青柳さま。このことが何か」

「うむ。わからぬが、ためしてみたいことがある。『三枡屋』のおそのに付き合ってもらいたい。半日ぐらい暇がとれる日をきいてきてくれるか」

「おそのさんに……」

太助が顔を強張《こわば》らせた。

「どうした？」

「いえ、なんでもありません」

おそのは自分とは身分が違うのだと、太助は気になりだしていた。縁組の相手がいやな奴だろうが、田原町の呉服問屋の若旦那となればそれなりの暮らしは約束されるのだ。自分の出番はないと、気後《きおく》れするようになっていた。そんなだから、多恵に引き合わせるという約束もまだ果たせていない。

まるで、そんな気弱な心を見透かして、剣一郎があえておそのと会う機会を作ってくれようとしたように思えた。

「明日、さっそく頼んでみます」

太助はしいて明るく応じた。

三

翌日、剣一郎は五條天神裏の女郎屋に亭主の喜久三を訪ねた。

「また、教えてもらいたいことがある」

内証《ないしょう》で向かい合って、剣一郎は切りだした。

「客がたくさんついていたおみつと清介がくっついた。痛手だったが、恩ある親方の伜である清介の頼みだから拒むことが出来ず、おみつを清介に預けたということだったな」

「さようで」

「いくら清介の頼みだからといっても、この店で稼ぎ頭《がしら》の女をあっさり引き渡すことは信じられぬが」

「泣いて頼まれましたので」

「ふたりは所帯をもってすぐ商売をはじめたのだったな。女房の体を売るというとんでもない商売だ」

「へえ、それを知ったときには呆《あき》れました」

「ほんとうに呆れたのか」

「えっ？」

喜久三は驚いた顔をした。

「ほんとうのことを言うんだ」

「何をでしょうか」

喜久三は窺うようにきいた。

「おみつは梅毒にかかっていたようだ」

「……………」

「そなたは知っていたのではないか」

「いえ、知りません」

喜久三は消え入りそうな声で否定した。

「そうか。なら、店の妓《おんな》たちにきいてみたい。気がついていた者がいるかもしれぬ。呼んでもらおう」

「……………」

「どうした？　そなたは知らなかったが、朋輩《ほうばい》は知っていたかもしれぬではないか」

「…………」

喜久三は大きくため息をついた。

「恐れ入ります。知っていました」

「やはり、知っていたのだな」

「はい」

喜久三は認めた。

「客から梅毒を感染《うつ》されたと苦情が来てわかりました」

「それでも、客をとらせていたのだな？」

「はい」

「そんなときに、清介からおみつと所帯を持ちたいと言ってきた。もっけの幸いと、清介に押しつけたのではないか」

「決してそのようなわけでは……」

「もし、おみつが梅毒にかかっていなかったら、清介に譲らなかったのではないか。どうだ、喜久三」

「…………」

「そうだな」

「恐れ入ります」

「清介は知っていたのか」

「知らなかったはずです」

「清介ははじめからおみつの体で商売をはじめるつもりだったのではないか。そして、そのことをそなたは知っていた」

「…………」

　喜久三は俯いた。

「おみつは清介のことをどう思っていたのだ？」

「清介はおみつにやさしく接していました。だから、おみつも清介に心を許していったようです」

「おみつはまさか客をとらされるとは思っていなかったのであろうな」

「そうでしょう。でも、清介に請《こ》われ、仕方なく客をとるようになったのでしょう」

「うむ」

「青柳さま。このことが何か」

「いや、ただ事実を知っておきたかっただけだ。邪魔をした」

剣一郎は腰を上げた。

半刻（一時間）後、剣一郎は奉行所に出て、本所・深川一帯を管轄にしている定町廻り同心の村岡喜平を与力部屋に呼んだ。

村岡喜平は三十八歳だから、十年前は二十八歳で、定町廻りに成り立てのころだ。

「十年前、富岡八幡宮で博徒が殺された件できききたいことがある」

「はい」

「その殺しの下手人は猫間の半蔵だったということだが」

「はい。殺された男ともめていたこともあり、半蔵の仕業と断定しました」

「何か、はっきりした証はあったのか」

「いえ」

「どうして半蔵だとわかったのだ？」

「事件からひと月経って、柏木さまが今戸の殺しは猫間の半蔵の仕業と思える。富岡八幡宮の殺しも半蔵の仕業ではないかと助言してくれました。そこで、柏木さまと協力して半蔵を探しましたが、すでに江戸から逃亡したあとでした」

「しかし、殺された男ともめていたことだけで、半蔵の仕業と決め付けるのはいささか強引過ぎるが」

「はい。ですが、今戸と富岡八幡宮のホトケの刺し傷は一致し、同じ者の仕業だと思うに十分でした」

「そなたは提げ重のおみつという売笑婦を知っているか。清介という亭主が客をとってくるのだ」

「はい、知っています」

「なぜ、知っているのだ？」

「富岡八幡宮のホトケもおみつを何度も買っていたそうです」

「何度も？」

「ええ、仲間がそう言ってました。おみつを気に入っていたようです」

「探索で、清介かおみつのことは浮かばなかったのか」

「浮かびました」

「浮かんだ？」

「はい、その博徒は清介とももめていたようなんです。それで、清介に話を聞きにいったことがあります」

「なに、清介に接触していたのか」

「はい。仲間の話では、梅毒を感染《うつ》されたと怒っていたそうです」

「なるほど」

剣一郎は頷き、

「それなら、清介が下手人の可能性が十分にあったのではないか」

「はい。ですが、殺しがあった時刻、清介は三ノ輪《みのわ》で柏木さまに会っていたことがわかりました」

「なに、柏木辰之助に？　どういうことだ？」

「客をひこうとしたところ、柏木さまに呼び止められ、きつく叱られたと弁明したのです。それで、柏木さまに確かめましたが、清介の言うことに間違いないとわかりました」

「そうか、そういうわけだったのか」

剣一郎はひとりで合点《がてん》した。

「なにか」

喜平が怪訝そうにきいた。

「そなたの探索は間違っていなかったのだ」

「えっ？」

「下手人は猫間の半蔵ではない」

「えっ、どういうことですか」

「いずれわかる」

「…………」

「それから、先日の洲崎弁財天裏の殺しはどうだ？」

「残念ですが、まだ」

喜平は苦しそう顔を歪めた。

「殺された佐吉を見ていた者もいないのか」

「はい。ただ、夜の五つ（午後八時）ごろ、洲崎弁財天から帰る途中だった者が、三十過ぎの男が女とふたりで歩いているのにすれ違っています。ですが、その男が佐吉かどうかわかりません」

「女……」

剣一郎は呟いた。

やはり、そういうことだと、剣一郎は合点するように頷いた。

「それから、洲崎弁財天裏の植込みの中から、血のついた匕首が見つかりました。下手人が使ったものに違いありません」

「確か、傷は腹と心ノ臓であったな」

「はい」

「そして、傷口は匕首を引き抜くとき、肉を斬り下げるように抜いているという
ことであったな」

「はい。的確に腹と心ノ臓に狙いを定めていますが、傷口だけ見れば、匕首を扱
い馴れていないのではないかと思われました」

「侍が刀ではなく匕首を使って刺したとは考えられぬか」

「…………」

「どうだ?」

「はい。言われてみればそのように思えます。青柳さま」

喜平は身を乗り出し、

「ひょっとして下手人に心当たりがおありなのでは……」

「まだ、確たる証があるわけではないので口には出来ぬ。だが、これだけは言え
る。十年前の富岡八幡宮の殺し、そして今戸の殺しはすべてつながっていると
な」

「なんと」

喜平は目を見開いて驚きを見せていた。

「その男女は佐吉と誰かだ。そのふたりを見た者が他にいるかもしれない。それから、ふたりのあとを侍がついて行ったか、すでに先回りをしていたか。いずれにしろ、帰りはその侍と女が連れ立って帰って行ったに違いない。そのあたりのことを調べてみるのだ」

「わかりました、やってみます」

喜平は息むように言い、勇躍して引き上げていった。

剣一郎は奉行所を出た。


一刻（二時間）後、剣一郎は今戸町の『田村屋』に行き、お敏を近くの寺まで誘い出した。

小柄なお敏は黙ってついてきて山門をくぐった。

境内の人気のない辺りで、剣一郎は立ちどまってお敏と向かい合った。

「お千代が殺された夜のことをもう一度ききたい」

剣一郎は切りだす。

「そなたはお千代の家で何かあったらしいと知って、あわてて駆けつけた。奉行所の者に顔を確かめろと言われ、中に入るとお千代が血だらけで倒れていたということであったな。間違いないか」

「はい。そのとおりです」

「そなたは死体の顔をちゃんと見たのか」

「見ました」

「死体を見るのは、怖くなかったか。怖いから、まともに顔を見られなかったのではないか」

「いえ、そんなことありません。ちゃんと見ました」

「奉行所の同心からお千代に間違いないかときかれ、そなたは怖いので死体の顔をよく見ていないにも拘《かかわ》らず、お千代だと言ったのではないか」

「違います」

「ちゃんと顔を見たのだな」

「そうです」

「そなたはお千代を孫のように可愛がっていたそうだな」

「はい」

「だったら、顔を見誤ることはないな」

剣一郎はくどくきいた。

「はい」

「そうか」

剣一郎はため息をついた。

「青柳さま、なんでしょうか。そのことが何か問題なんでしょうか」

お敏が不安そうにきいた。

それに答えず、剣一郎はさらにきいた。

「お千代は月に一度、浅草寺にお参りに行っていたようだな」

「はい」

「そなたはいつもついて行ったのだな」

「はい。旦那さまにそう言われてましたので」

「お参りだけなら、一刻（二時間）もかかるまい。半刻（一時間）もあれば帰ってこられるな」

「いいえ、そのあと奥山《おくやま》を歩いたり、水茶屋に寄ったりしていましたから半日ぐらいはかかりました」

「そなたとふたりでか」

「……はい」

返事まで間があった。

「そなたがずっと付きっきりでは、お千代は心が休まるまい。途中、お千代はひとりになったのではないか」

「いえ、それはありません」

「ほんとうか」

「はい」

「では、そなたはあちこち連れまわされて、かなりきつかったのではないか」

「十年前は私もまだ足腰が達者でしたから苦にはなっていません」

「なるほど」

剣一郎はふいに話題を変えた。

「お千代の墓はどこだ？」

「下谷です」

「なんという寺だ？」

「…………」

「どうした？」

「すみません、ちょっとど忘れしました」

「忘れた？」

剣一郎がお敏の顔を覗いた。

「毎年、墓参りには行っているのか」

「……いえ」

また、答えまで間があった。

「なぜだ？」

「なぜって……」

お敏は俯いた。

「法事は？」

「………」

「どうした？　一回忌、三回忌、そして七回忌と？」

「いえ」

「やっていない？　なぜだ、そなたが孫のように可愛がっていた女ではないか」

「確かに孫のように思っていましたが、死なれてみれば思い出もそれほどないし、所詮赤の他人でしたから」

「意外な言葉だ」

　剣一郎はわざと驚いたように、

「確か、そなたはお千代の亡骸に取りすがって泣いたのではなかったか。弔《とむら》いで
も悲しみに沈んでいたと」

　と、きいた。

「はい。でも、時が流れますと、やはり他人だったのか悲しみも薄れていきました」

「一回忌もやらなかったそうだな」

「はい」

「悲しみは一年も持たなかったということか」

「…………」

「お敏」

　剣一郎は口調を改めた。

「そなた、お天道《てんと》さまに恥じることはないか」

「えっ?」

「孫のように可愛がっていたお千代の冥福を祈っている様子はない。恥じることはないのかときいている」

「お千代さんに恥じることはありません」

お敏はむきになって言った。

「なるほど。その言葉は重要だ。確かに、そなたはお千代に恥じることはあるまい。感謝されこそすれな」

「…………」

「先日、お千代と恋仲だった佐吉が洲崎弁財天の裏で殺された。佐吉は誰かと出会い、十年前の事件の真相に辿《たど》り着いたのだ。佐吉が誰に出会ったか、想像はつこう」

あっと短く叫び、お敏は顔色を変えた。

「また、事情をきくことになろう。ごくろうだった」

剣一郎はお敏に言った。

お敏は一瞬よろけそうになり、そのまま茫然《ぼうぜん》と立ちすくんでいた。

四

海からの風が強く吹きつけてくる。

剣一郎は本芝二丁目の一軒家の前に立った。最前、柏木辰之助が引き上げたばかりだ。昨夜も泊まったようだ。

これから奉行所や八丁堀の屋敷に戻り、家督を譲る手続きを終えるのであろう。

剣一郎は格子戸に手をかけた。

「ごめん」

戸を開け、声をかける。

「はい」

三十前後の凛とした女が出てきた。

「おまきどのか」

剣一郎はきいた。

「はい。ひょっとして、青柳さま」

おまきは目を見開いた。

「そうだ」

「今、おりませんが」

おまきは用心深く口にする。

「いや、柏木辰之助に会いにきたのではない。そなたに用があってきた」

おまきは表情を強張らせた。

「私に？」

「そうだ。大事な話だ」

「わかりました。どうぞ、お上がりください」

「失礼する」

腰の刀を外し、剣一郎は部屋に上がった。

海の見える部屋に通された。剣一郎は縁側に立ち、外を眺めた。弧《こ》になった海岸線の先に見える賑やかな町並みは品川《しながわ》宿だ。

「いい眺めだ」

剣一郎は呟いてから、部屋の真ん中に腰を下ろした。

母親に命じられたのか、十歳ぐらいの娘が茶を運んできた。

「これはかたじけない」

剣一郎は礼を言い、

「娘御か」

と、きいた。

「はい、菊《きく》と申します」

一礼してお菊は下がった。

「目元は柏木辰之助にそっくりだ」

「恐れ入ります」

おまきの声は相変わらず硬い。

「辰之助にもうひとつの家族がいると知り、一度会いたいと思っていた。どこで、柏木辰之助と知り合ったのだ?」

「はい。浅草駒形町で暴漢に絡まれているところに通りかかって」

「それから付き合いがはじまったのか」

「はい」

「そなたはどこに住んでいたのだ?」

「駒形町です」

「なるほど。で、そなたはすぐに辰之助の世話になったのか」

「いいえ、一年ほどしてからです」

すぐに答えが返ってくるのは、辰之助との間で話し合いが済んでいるからであろう。

「どこに住んだのだ？」

「本所です」

「それから深川入船町に引っ越したのか」

「はい」

「そなたに家族は？」

「おりません。ひとり暮らしでした」

「辰之助は妻子持ちだということを知っていたのか」

「はい」

「当時の長屋の者たちと付き合いはあるのか」

「いえ、ありません」

そのとき、猫の鳴き声がした。

「猫を飼っているようだな」

「はい」

「何年いるのだ？」

「十年ぐらい……」

「そうか。ところで、急だが会ってもらいたい者がいる」

「えっ？」

おまきは顔色を変えた。

「でも、私には……」

「いや、そんなに深刻に考えずともよい。もうそろそろ、ここに訪ねてくる」

剣一郎が家に入って四半刻（三十分）後に訪ねてくるように太助に伝えてある。

「なぜでございましょうか」

おまきは険しい表情になって、

「勝手に誰かを連れてこられても困ります。私にも都合がございます」

と、毅然《きぜん》と言う。

「ただ引き合わせたいだけだ。それほど警戒するべきことではない」

「どなたですか。いったい、どなたがここに？」

「おまき、やましいことがなければ泰然《たいぜん》としておればよい。それとも、会いたくない人物がいるのか」

「そういうわけではありません。ただ、こちらの都合を無視したやり方があまりも無体《むたい》だと」

「そうか。そのことなら謝る」

剣一郎は素直に言い、

「そなたに知られぬよう、遠くからそなたを見てもらってもよかったが、それよりそなたも承知していたほうがいいだろうと思ってな」

剣一郎が弁明したとき、

「ごめんくださいまし」

と、太助の声が聞こえてきた。

「すまぬ、ここに連れてきてもらいたい」

剣一郎はおまきに頼む。

おまきは諦めたように立ち上がった。

太助とおそのが入ってきた。ふたりは剣一郎から少し下がって腰を下ろした。

おまきが向かいに座るのを待って、

「おその、少し前に」

と、剣一郎はおそのに声をかけた。

「はい」

おそのは緊張した様子で前に出た。

おまきがおそのを見、おそのもおまきを見た。

「おまき、この者に見覚えはあるか」

「いえ」

おまきは首を横に振った。

「おそのはどうだ?」

「…………」

おそのは言葉を失っている。

「どなたでしょうか」

おまきは冷めた声できいた。

「わからぬか。無理もない。十年前はまだ七歳だった」

「七歳……」

おまきは改めておそのを見つめた。

やがて、あっと短く叫んだ。

「思いだしたか」

「知りません。会ったこともありません」

おまきはむきになった。

おそのは目を見開き、口をわななかせた。

「おその、どうだ、会ったことはあるか」

「…………」

おそのは聞こえなかったのか黙っていた。

「おその、どうだ？」

剣一郎はもう一度きいた。

はっとしたように、おそのは顔を向けた。その顔は青ざめていた。

「知りません」

おそのは震えを帯びた声で答えた。

「ほんとうに知らないのか」

「はい」

おそのは俯いた。

そのとき、襖をひっかく音がした。太助が立ち上がり、襖を少し開けた。猫が隙間から入ってきた。

にゃあにゃあ鳴きながら、おまきの傍《そば》に行き、それからおそのを見た。やがて、おそのの傍に近づいた。

頭をおそのの膝にこすりつけた。

「ハナ」

おそのが叫んだ。

「ハナね」

おそのが呼ぶと、にゃあんと鳴いた。それから、おそのの膝の上に乗っていった。

「ハナ、ハナ」

おそのが猫を抱き締めた。

「十年前に行方不明になった猫か」

剣一郎は確かめた。

「いえ、違います」

おそのははっとしたように、あわてて言った。

「しかし、今、名を呼んだではないか」

「それは……」

おそのは言いよどんだが、

「昔いなくなった猫に似ていたので、ついハナのような気がしたのです」

「そうか」

剣一郎はこれ以上、おそのを追い詰めるのは酷なような気がした。

「おその、わざわざここまで呼び出してすまなかった。もうよい」

「…………」

「わしが悪かった。太助、おそのを送っていってやれ」

「はい」

「おまき、十年前、当時七歳だったおそのは今戸に住んでいた、お千代という妾に可愛がってもらっていたそうだ。そのお千代が殺されたとき、大泣きしたという。おそのはお千代が好きだったのだ」

「…………」

おまきは俯いている。

「おその、もう帰ってよい。太助、さあ」

「へい。おそのさん、行きましょう」

猫はおそのの顔をなめようとしていた。

「おそのさん、猫を」

太助が猫を受け取ろうとしたが、おそのはしっかりと抱き抱えていた。

「なぜ、これほどおそのになつくのか」

剣一郎は呟くように言う。

おそのが猫を置いて、

「失礼します」

と、立ち上がった。

猫がおそのの足元にからみつく。

「元気でね」

おそのの目尻が濡れていた。

「おそのさん」

おまきが声をかけた。

「その猫、おそのさんになついているようね。もし、よろしかったら連れて行って」

「おまき、猫を物のように扱っていいのか」

剣一郎は咎《とが》めるように言う。

「そなたとて十年もいっしょに暮らしてきた猫ではないか。それを、そんなに簡単に手放せるのか。それにお菊も猫がいなくなったら悲しもう」

うっと嗚咽《おえつ》を漏《も》らし、おまきは畳に手をついた。

おそのが驚いたようにおまきを見ている。

「猫をおそのに渡すにしても、そなたも猫と最後の別れがしたいだろう。猫とて、同じ気持ちではないか」

剣一郎はおまきからおそのに顔を向け、

「おその。もう帰ってよい、行きなさい」

と、命じるように言った。

「はい」

おそのは猫を振り切って部屋を出ようとした。太助が襖を開けたとき、猫は部屋を飛び出した。

「ハナ」

思わず、おそのが呼んだ。

「さあ、行きましょう」

太助はおそのを急かした。

やがて、格子戸が閉まる音がした。

剣一郎はおもむろに口を開いた。

「おそのの気持ちがわかったか。そなたを知らないと言った。そなたをかばっているのだ。自分を可愛がってくれたお千代をな」

「…………」

「わしがあえておそのを呼んだのは、そなたの心に訴えかけたかったからだ。そなたが知っているのは七歳のおそのだ。十年も会っていなかったが、何か心に響くものがあるのではないか。それを期待したのだ」

「青柳さまは何もかもご存じだったのですね」

おまきは消え入りそうな声で言う。

「うむ」

「失礼します」

襖が開き、猫を抱いたお菊が入ってきた。異変を察しているのだろう、お菊の表情は強張っていた。

お菊はおまきの横に座った。額が広く、目鼻だちが整い、聡明そうだった。

「この娘が生まれたときからずっとハナはいっしょでした」

おまきが言う。

「ハナ？」

「はい。同じ名前を使っていました。お菊、向こうに行ってなさい」

「わかりました」

お菊は部屋を出て行った。

「猫は十年経っても、昔の飼い主を覚えているんですね。私は今戸を出るときに、猫をいっしょに連れて行ってしまいました。おそのちゃんが可愛がっていた猫を……」

おまきがさらに続けようとするのを、

「待て」

と、制した。

「事件のことは辰之助から聞く。そなたは操られていただけだ。辰之助にわしがそう言っていたと伝えよ」

「いえ」

おまきが口を開いた。

「私があのお方の人生を奪ったのです」

「…………」

「浅草の観音様で出会ったとき、私は何かの定めを感じました。そして、私はいつかこの方と破滅に向かうと思っていました。私は……」

「待て」

剣一郎は制し、

「辰之助とふたりで今後の身の振り方をよく考えるのだ。特に、お菊だ。あの娘を守ってやるのだ。邪魔をした」

と、腰を上げた。


おまきの家を出て、東海道に出る手前で、太助とおそのが待っていた。

「帰らなかったのか」

「おそのさんが青柳さまをお待ちすると言うので」

太助が言う。

「申し訳ありませんでした」

おそのは頭を下げた。

「いや、いいのだ。だが、すぐわかったのか」

「はい。似ているひとではなく、お千代さん本人だとすぐにわかりました。不思議です。死んだと思っていたのに……」

「そなたはとっさに十年前、何があったのか悟ったのだな」

「はい。ですから、ほんとうのことを言うと、お千代さんが罪になると思って……」

おそのは俯いた。

「うむ、かばっているのはわかった」

「申し訳ありません」

また、おそのは謝った。

「いや、あれでよかったのだ。おかげで、お千代は自ら話す気になってくれた。おそらく、昔の長屋の大家や住人と会わせても、あくまでもしらを切り通したに違いない。そなただから、あの者の心に訴えかけることが出来たのだ」

剣一郎は讃《たた》えるように言い、

「それとあの猫の存在も大きかった。猫がおそのになついている姿を見て、お千代も観念する気になったのかもしれない。猫は十年経っても、昔の飼い主を覚えているのかと感心していた」

「青柳さま」

太助が口を入れた。

「猫が昔のことを覚えていたのかどうかは疑問です。おそのさんが猫好きだとわかってなついていっただけなのかもしれません」

「そうか。だが、あの猫、今もハナと呼んでいるそうだ」

「ハナを可愛がってくれていたんですね」

「ハナはお菊という娘になついているそうだ。そなたが引き取ったら、お菊が悲しむことになったろう」

「………」

「青柳さま、いいんですか。放っておいて。何か間違いが……」

太助がおまき母娘を気にした。

「心配ない。作田新兵衛が見守っている。あとは、柏木辰之助の告白を待つだけだ」

剣一郎は途中、太助とおそのと別れ、奉行所に向かった。

五

　ふつか後、柏木辰之助から倅辰之進への代替わりの手続きが無事に終わり、辰之進が見習い同心として出仕することになった。

　その日の夕方、剣一郎は本芝二丁目の家の近くにある寺の境内で柏木辰之助を待った。本堂の裏手から海が見えた。

　四半刻（三十分）ほど遅れて辰之助がやって来た。

「遅くなりました。お呼び立てして申し訳ございません。青柳さまにすべてをお話ししておきたいと思いまして」

　辰之助は静かに口を開いた。

「わかった。聞こう」

「すべてのはじまりは観音様でのお千代との出会いでした。お千代が柿右衛門の妾になって半年近く経っていました。旦那持ちだということがわかっていながら、惹かれる気持ちを抑えきれず……」

　辰之助は切りだした。

「お千代は旦那の柿右衛門の束縛から逃れたかったのです。私も家内とぎくしゃくしており、出会った瞬間から何かが変わる、新しい世界が開けると思いました。でも、それは明るいものではない、暗く地の底に落ちていくような破滅的なもののような気がしました。それでも、お千代と離れられないと思ったのです」

いつかこの方と破滅に向かうと思っていましたと、おまきことお千代も言っていた。お互い、出会ったときから地獄へ向かっていたのだ。

「ふたりの逢瀬《おうせ》に手を貸してくれたのが通いの婆さんのお敏でした。本願寺裏に借りた一軒家で会いました。ふたりの付き合いは誰に知られることなく続くはずでした。ところが、思いがけぬことが……」

辰之助はため息をつき、

「お千代が身籠《みご》もったのです。最初は堕《お》ろすつもりでしたが、お千代がどうしても産みたいと。お腹が大きくなれば柿右衛門に気づかれます。柿右衛門はお千代に執心していますから、別れを期待することは出来ません。地獄に堕ちて行くときは、導かれるものだと思いました。富岡八幡宮で博徒が殺され、掛かりの同心村岡喜平が清介に目をつけたのですが、私が先に清介を見つけ、問い質《うっ》したのです。清介は白状しました。女房の客だった博徒があの女に梅毒を感染されたと騒いだので、富岡八幡宮で話し合いの最中に匕首で相手を刺したと」

やはり、富岡八幡宮の殺しは清介の仕業だったのだ。

「梅毒にかかった女房を持て余していることを知った私は、あの企みを考えたのです。すべてがその方向に向かうようにお膳立てが整っており、まるで私は運命に操られるように清介に殺しを命じました」

「清介にとっても博徒殺しから逃れ、女房とも手が切れる。お互いの利益が一致したというわけか」

「はい。妾の家にやって来た柿右衛門を清介が殺し、お千代は家を出た。それから、清介は女房のおみつを客が中で待っていると偽り、お千代の家に誘い込んで殺した。その死体をお千代に仕立ててくれたのがお敏です」

「猫間の半蔵の根付はおみつが持っていたのか」

「そうです。客の半蔵が落としていったのをおみつが拾っていたのです。じつは半蔵は喧嘩沙汰で相手に大怪我させて江戸を離れていたことがわかりました。それで、半蔵の仕業にしようと」

「なるほど、信じられぬくらいいろいろなことが組み合わさっていたのだな」

「はい、おまけに探索をするのは私です。絶対にうまくいくという自信がありました」

「うむ」

「それが破滅のはじまりでした。どこかひとつでも都合の悪いことがあれば、こんな大胆なことに突き進まなかったはずです。目の前に好条件を示されて、私は……」

辰之助は苦しそうに呻き、

「それでも十年は無事に過ごしました。でも、江戸を離れた清介が、いつか戻ってくる。そんな恐れが現実になりました。清介が私の前に現われ、金を要求してきました。こうなることはわかっていたことです。一度、金を渡せば、それ以降、強請りは続く。殺すしかなかったのです」

「浜町堀で清介を斬ったのはそなただった。怪しい侍を見た者は誰もいなかったが、そなたを見た者は何人もいた」

剣一郎はそのときのことを口にした。

「その後、青柳さまが事件を見直すことになったとお聞きし、私はうろたえました。青柳さまの手にかかれば、真実が暴かれてしまうと。そんなとき、追い打ちをかけるように、佐吉がお千代と出くわしてしまったのです」

「お千代はそなたに出会い、佐吉のことを忘れていったのだな」

「はい、その怨みもあったのか、新たな脅迫者になりました。それで、お千代が洲崎弁財天まで佐吉を誘い、私が匕首で……」

「刀を使うと、清介殺しとの関連に気づかれるからだな」

「はい。それからすぐにお千代を引っ越しさせました。所詮、青柳さま相手ではちっぽけな抵抗に過ぎませんでしたが」

辰之助が苦笑した。

「以上です。何か青柳さまのほうでおありでしょうか」

「猫間の半蔵は倉賀野宿で死体となって発見された。殺ったのは清介か」

「わかりません」

「わからない？」

「私は半蔵を殺すように命じていません。だから、半蔵が殺されたと知って、清介が独断で殺ったものと思っていました。舞い戻った清介にききましたが、曖昧に笑っているだけでした」

「すると、向こうの土地のやくざとのごたごたから殺されたかもしれないのか」

「はい」

「あいわかった」

剣一郎は頷き、

「ところで、そなたが自訴すれば、お千代もこのままではすまない。お千代は場合によっては遠島も考えられる」

もちろん、辰之助は死罪だ。

「問題はお菊だ」

「はい」

「ふた親がいなくなっては路頭に迷う。八丁堀の屋敷に引き取ってはもらえぬのか」

「無理です」

辰之助ははかない笑みを浮かべ、

「私が外の女とのあいだにこしらえた子どもを引き取るはずはありません」

と、ため息混じりに言った。

「話をしてみたのか」

「いえ、話をせずともわかります」

「では、どうするのだ?」

「…………」

辰之助は海のほうに目をやった。辺りは薄暗くなり、海と空の境目がだんだんなくなっていく。

背中を向けていた辰之助が、

「青柳さま」

と、突然振り返った。

剣一郎はおやっと思った。顔つきが険しくなっている。

「私が今お話ししたことにいちいち証はありましょうか。十年前に殺されたのはお千代ではなく、清介の女房のおみつだとどうして言えましょう。おまきは似ていただけで、お千代ではありません」

「…………」

剣一郎は唖然とした。

「柿右衛門と妾のお千代を殺したのは猫間の半蔵に違いありません。もし、半蔵が倉賀野宿で殺されていなければ、半蔵を捕らえることが出来て事件の解決がなされたでしょう」

「辰之助、どうしたというのだ?」

「青柳さま。私は十年前に地獄に足を踏み入れてしまったのです。すでに引き返せないところまで来ています」

辰之助は刀の柄《つか》に手をかけた。

「辰之助、ばかなことを考えるな。もはや、そなたは逃れられぬ」

「いえ。青柳さまさえいなければ、私はしらを切り通す自信があります。清介、佐吉殺しも下手人がわからないままに終わるでしょう」

辰之助は腕を伸ばすようにして正眼《せいがん》に構えた。小野《おの》派一刀流の使い手である。

「辰之助、やめるのだ。刀を引け」

「私にはこれしかありません。青柳さまさえいなくなれば、私はまたやり直すことも出来ます」

「本気か」

剣一郎も刀の鯉口《こいぐち》を切った。

辰之助がすっすと迫ってきて上段から斬り込んできた。剣一郎は抜刀して相手の剣を弾《はじ》く。辰之助は二度斬り込み、さっと後ろに下がった。

再び、辰之助はさっきより速くすっすと迫り、上段から同じように斬りつけてきた。剣一郎は踏み込み、凄《すさ》まじい勢いで襲いかかる剣を鎬《しのぎ》で受けた。鍔元《つばもと》で押

し合いながら、

「辰之助、落ち着くのだ」

と、剣一郎は怒鳴る。

「聞く耳もたぬ」

そう叫ぶや、辰之助は後ろに下がった。

また腕を伸ばすように正眼に構えた。剣一郎も同じ形にゆったりと構えた。今度は辰之助はつっかかってこなかった。静かに間合を詰めてきた。

剣一郎は足を止めた。徐々に、辰之助が迫り、間が詰まってきた。切り合いの間合に入ったとき、辰之助が裂帛《れっぱく》の気合とともに斬り込んできた。剣一郎も辰之助の横に向かって踏み込み、脇をすり抜けた。

鈍い感触が手に伝わり、剣一郎は立ちどまって振り返った。辰之助は背中を向けて立ったままだ。

剣一郎の剣に血糊《ちのり》がついていた。

「辰之助」

剣一郎は呼びかけた。

辰之助の体が揺れた。血振《ちぶ》るいをし、刀を鞘に納め、剣一郎はくずおれた辰之助に駆け寄った。

「辰之助」

剣一郎は肩を抱いて起こした。

「しっかりしろ」

「青柳さま」

「そなた、斬られるためにわしに……」

「青柳さまの手にかかって死ねるのは本望です」

苦しい息の下から、辰之助は声を絞り出した。

「お千代はどうした？　まさか」

剣一郎は愕然とした。

「お菊は？」

「お敏……」

辰之助の首ががくんと垂れた。

「辰之助」

辰之助の体を静かに横たえ、剣一郎は寺の山門を飛び出した。

お千代の家に駆け込むと、線香の匂いがした。

部屋に行くと、胸を刺されたお千代が仰向けに倒れていた。

翌朝、剣一郎は奉行所に出仕し、宇野清左衛門と長谷川四郎兵衛に経緯を説明した。

四郎兵衛は予想外の事態にうろたえたが、表向きには十年前の事件は未解決のままとし、清介と佐吉殺しもいまだ探索中という措置にした。

奉行所の体面を守るためだ。そして、柏木辰之助に汚名を着せないためでもあった。

それから、剣一郎は今戸町の『田村屋』に行き、お敏に会った。

二階の部屋に上がり、剣一郎はお敏と向かい合った。

「お敏、柏木辰之助とお千代は死んだ」

剣一郎は切りだした。

「そうですか」

「驚かないのか」

「昨日の朝、お千代さんがお菊を連れてきました」

「そうか、お菊を託されたのか」

「はい」

「今、お菊は？」

「猫を連れて『三枡屋』さんに」

「すべて話したのか」

「はい」

「お菊の様子は？」

「昨夜、夜中に泣いていましたが、今朝は元気になって」

「お菊はふた親に何が起きたのか知っているのか」

「母親からすべてを聞かされたそうです」

「では、亡くなったこともわかっているのだな」

「はい。お千代さんはいつか自分たちが破滅することを覚悟していました。その上で、お菊を育ててきたのです。お菊も自分の定めを受け入れています」

柏木辰之助とお千代が地獄に堕ちる覚悟で生きてきたのもお菊の存在があったからかもしれない。もし、お菊がいなかったら、ふたりはとうに心中していたのではないか。

「二人にはそれなりに仕合わせな十年だったのかもしれないな」

そう思わないとやりきれないと剣一郎は痛ましげに言い、

「『三枡屋』に行ってみる」

と、お敏の部屋を出た。


剣一郎は『三枡屋』を訪ね、客間で内儀のおふさと会った。

「昨日、お千代が来たそうだな」

「はい、猫のハナを連れていったお詫びをしてくれました。またハナに会えるなんて夢のようです」

「この家を覚えていたか」

「はい。匂いを確かめるように家の中を歩きまわっていました。またここで暮らせそうです」

「ハナを引き取るのか」

「はい」

「だが、ハナはお菊という娘になついている。今のお菊の慰《なぐさ》めはハナのような気がするが……」

「青柳さま」

おふさは口調を改めた。

「うちのひとともも話し合い、おそのの希望もあって、お菊をうちで引き取ろうと思っているんです」

「ほんとうか」

「はい、うちのひともお菊を気に入って」

辰之助もお千代も喜ぼう。

「お菊を連れてまいりましょうか」

「そうだな」

「はい」

おふさは立ち上がって部屋を出て行った。

しばらくして複数の足音がして、障子が開いた。

「失礼します」

おそのが入り、続いてお菊がやってきた。

「青柳さま」

おそのが挨拶をし、お菊も頭を下げた。

「お菊。父御と母御がどうなったか知っているな」